朗読ミュージカル
山崎陽子の世界
脚本集Ⅱ

山崎陽子　著

書肆フローラ

目次

装丁　福本事務所

朗読ミュージカル

山崎陽子の世界

脚本集Ⅱ

この脚本集収録の作品を上演なさりたい個人・団体はオフィス・ディーバ（03-6429-3560）にご連絡ください。

朗読ミュージカル

電話を切らないで

登場人物
N（語り手）
ローラ（バレリーナ）

序曲

N「若いバレリーナ、ローラは、マントをはおり帽子をかぶると、もう一度すっかり片付いた部屋を見回しました」
ローラ　♪　これでいいわ
これでいいの
これでおわりよ　何もかも
昨日までの　すべてに
さよならするのよ
N「ローラは壁に貼ってあった、バレエのポスターに気づきそれを一気にはがすと、一瞬ためらいましたが、思い切って破り捨てました」

ローラ ♪ これでいいの
　本当に　これで　おしまい
　昨日までの　私に
　さよならするのよ

N「ローラは、使い古したトウシューズを手にとりました。じっと見つめていると、様々な思いがこみあげてきます。その思いを断ち切るように、激しく首を振ったローラは、汚れたトウシューズを、いとしいもののようにギュッと抱きしめました。
それからトウシューズをソファに置き、白いハンカチをそっと掛け、傍らの花瓶の花を一輪取ると、その上にのせました。
それは……トウシューズのお葬式のつもりでした」

ローラ「どうぞ、安らかに、私のトウシューズ！
長い間、ありがとう……。
(小声で呟《つぶや》く) アン…ドゥ…トロァ…」
♪ アン　ドゥ　トロァ
アン　ドゥ　トロァ
あんなにも軽やかに

あんなにもしなやかに
鳥になった私
蝶になった私

♪　でも　いまは……
鳥は　翼なくし
蝶は　息をひそめ
悲しみだけが
すべてを覆う
もう　聞こえない
もう聞きたくない　あの声
アン…ドゥ…トロァ…
アン…ドゥ…（泣きだす）

ＳＥ（電話のベル）
ローラ「もしもし、はっ？　いいえ、こちら病院じゃありません」
Ｎ「ローラは、受話器を置くと肩を落としました。病院からの電話を待っているのはローラの方なのに……」

ローラ「やっぱり駄目なんだわ、私の脚……」

　N「ローラにはわかっていました、お医者さまの言葉が。

『お気の毒ですが、現在の医学では無理でしょうな』

そして憐れみのこもった優しい口調で『バレエだけが人生じゃないでしょう、さあ、勇気を出して』」

ローラ「先生はいい方だけれど、私の気持ちなんかわかる筈がないわ。私にとってはバレエが、バレエだけが人生だったんですもの。プリマバレリーナだったママが、突然の病気で倒れ、とうとう踊れなかった『白鳥の湖』。私はいつかママの夢を果たしたかったから、どんな辛さにも耐えて頑張ってきたのに……それが……この膝……この膝……」（肩をふるわせて泣く）

ローラ「あの日、お稽古場にはり出された配役表で、四羽の白鳥の一人に選ばれたことを知ったとき、私、幸せで息もつけないくらいだったわ。見間違いじゃないかと何度も目をこすって見直した。夢かしら。夢じゃない。やっとママの夢に一歩近づいたのよ。

私、心の中で叫んだ。ママ、ママ、私、四羽の白鳥を踊るのよ。一緒に踊ってね、ママ！

お稽古場を出て、はずむような足取りで、通りを越えたその時、ふいにボールが飛んできて車道に転がっていった。

そして、ボールを追いかけてきた小さな男の子が車道に……」

N「男の子めがけて暴走してきたオートバイ。ローラは、夢中で男の子に飛びつき、抱きかかえて歩道に転がり込みました。

間一髪、オートバイを避けることは出来ましたが、膝に激しい痛みが……気が遠くなるほどの激痛に声も出ず、うずくまるローラの傍らで、坊やを抱きしめて泣き伏すお母さん。

『あなたは、この子の命の恩人……どうも有難うございました』」


ローラ「もし、あの子が飛び出してこなかったら、もし私が、そこを通りかからなかったら、もし、私にそ知らぬ顔ができたら……。

あんな風に、あの子を助けて自分が怪我することなどなかったのに……あの子さえ……いいえ恨んだりしちゃいけないわ。

あの子を助けたこと後悔してなんかいないのだから。そうよ。後悔なんか……。

私は一人の子どもの命を救ったわ。私の脚とひきかえに。

そのことを決して……恨んだりは（心の葛藤）恨んだりしちゃいけない。それに、もし、なんて言葉、何度繰り返したって時間が元に戻りはしないんだもの。

でも、でも……やっぱり聞こえてくる。頭の中に鳴り響くの。もし、もし、もし」

（もしの声エコーになりローラを苛《さいな》む）

SE（電話のベル）

N「もしかしたら病院から……というローラの期待は、またもや打ち砕かれました」
ローラ「エッ？　宝石の展示会のお知らせ？　いま忙しいので、ごめんなさい。
どんな宝石よりも、今、私が欲しいのは丈夫な脚、思いのままに動ける脚だけ」
N「ローラは、サポーターを巻いた情けない膝を見つめました」
ローラ「レントゲン写真が目に焼きついているわ。メチャメチャにひび割れた膝のお皿、ハハハ……まるで
ジグソーパズル……ハハハ……」
（いつか笑いは涙に変わって）
♪　あんなにも軽やかに
あんなにもしなやかに
鳥になった私
蝶になった私
N「ローラは、踊ろうとしましたが、耐え難い痛みによろめき、床に崩れ落ちました」
ローラ　♪　もう　聞こえない
もう聞きたくない　あの声
アン…ドゥ…トロァ…
アン…ドゥ…トロァ…
N「ローラは、心を決めて立ち上がり、ハンカチでおおったトウシューズに手をさしのべました」

ローラ「さよなら、私のトウシューズ。私はあの湖に行くのよ。そう、パパとママと三人で行った思い出の湖へ」

♪　私は忘れない　いまも
秋ふかい　湖のほとり
真っ赤に燃えた夕映えを
肩を並べて眺めた日
片手に父の　片手に母の
手の温もりが嬉しくて
ただ　はしゃいでいた
小さな　わたし
見上げた　二人の笑顔まで
茜に染まっていたような

N「誰もいない夕映えの湖のほとりで、夫と娘二人だけのために踊った母の姿。父親に抱かれた幼いローラの脳裏には、この世のものとも思われぬほど美しい母の姿が、いまも鮮やかに刻まれています。夕映えの中のバレリーナ、それは、思いもかけない病気で踊ることを諦めねばならなかった母親の、最後の舞台だったのです」

♪（「白鳥の湖」の曲、流れて）

ローラ「パパもママもいなくなった今、一人ぼっちの、それも踊れなくなったバレリーナには、もう生きる希望など何もないわ。あの湖で、私は力尽きるまで踊り、そして……すべては終るのよ」

N「もう一度、思いを断ち切るように部屋を見回して戸口に向かった彼女が、ドアのノブに手をかけた時……」

SE（電話のベル）

N「思わず受話器をとってしまったローラでしたが、電話は今一番話したくない親友のコニイからでした」

ローラ「（平静を装って）ああ、コニイ。

入院中は何度もお見舞いありがとう。

エッ、これから来るって？　焼きたてのケーキを持って？

悪いけど、気持ちだけ頂くわ。今出かけるところなの。

ちょっと……旅行に……無理じゃないわ。もう平気よ。

（しきりに心配する相手に苛立って）大丈夫だったら、本当よ。エッ、いいじゃないの、どこへ行こうと。

何故そんなにしつこく聞くの。私の身体のことは、私が一番よく知ってるのよ。ほっといて、もう、やめてよ！

（怒りで前後の見境がつかなくなっている）貴女は自分のことだけ考えていればいいのよ。四羽の白鳥、私の代りに踊るんでしょ。ね、そうなのね。はっきり言えばいいじゃないの。嬉しいって、怪我してくれてありがとうって。いいのよ、言って！　大喜びだって言えばいいじゃないの。もう会いたくないわ。さようなら」

N「叩きつけるように受話器をおいたローラでしたが、心の中は苦い後悔でいっぱいでした」

ローラ「ごめんね。ごめんなさい。コニイ、貴女は何も悪くなんかない。いつだって、本当に私のこと、気にかけてくれて……。でも今は、優しい言葉なんか聞きたくない。かえって傷つくばかりですもの」

SE（電話のベル）

ローラ「は？　マンションの売り込み。結構です」

（受話器を置いて寂しげに笑う）

ローラ「もう、私には、住むところなんかいらないのに……」

SE（電話のベル）

N「取るまいとする気持ちとは裏腹に、結局ローラの手は、受話器をつかんでいました」

ローラ「ハッ、いいえ、いいえ違います。どこへお掛けですか？　だから、違います。貴女のおっしゃるその名前の方は、ここにはいません。悪いけど私、いま急いでいるんです。エッ？　貴女も急いでいるって？

でも、貴女のお尋ねの人はここにはいません。捨てられたなんて言われても、私の責任じゃないでしょう。失礼します。ですから……ちょっと、ちょっと……もしもし、何ですって？　貴女、死ぬ、ですって？　なんて馬鹿なことを」

N「ローラは、持っていたバッグをソファに放り出し、あわてて叫びました」

ローラ「ちょっと、ちょっと待って、電話を切らないで！
ねえ、貴女、短気はいけないわ。元気をだして！
命を絶つなんて、よくよくの理由がなくちゃ……恋人を失ったくらいで死ぬなんて。恋人の代りなら、またきっと見つかるわ」

N「ローラは、心の中で呟きました。代りがないのは、軽やかに踊れる脚よ、と」

N「電話を切ろうとしたローラの耳に、どこの誰かも知れない電話の主の、すすり泣きが聞こえました」

ローラ「貴女、泣いているの。失礼ですけど、失恋したくらいで死んでたら、命が幾つあっても足りやしないわ。
そんなことくらいで……甘えないでよ。世の中には、もっともっと辛いことだってあるのよ。
（小声で）命を絶つのは、私みたいに、絶望の淵にたったものだけに許されることなのよ。
エッ？　貴女、何が絶望なの？　失恋だけじゃないって？　エッ……貴女、声楽家ですって？　それで……声が、声が出なくなったって……オペラの主役も下ろされて……まぁ……そう、そうだったの。ねぇ、泣かないで。電話を切らないで！

いいわ、そんな時は、思いっきり泣けばいいんだわ。

でも、失意のどん底にいる貴女を見捨てていくような恋人なんて……失礼ですけれど、そんな時ほど、支えにならなければいけないのに……、そんな薄情な人、恋するほどの値打ちはないんじゃないでしょうか。

だから、貴女、短気なこと考えてはいけないわ。

そんなことじゃ、貴女の負けよ。そんな人、見返してやればいいじゃありませんか。どうぞ、勇気を出して。

命は一つしかないのよ。一時の感傷で命を絶つなんて。

生きたくて、生きたくて、それでも病気のために、望みを果たせずに終った人だっているのよ。

ねえ貴女、命は、もっと、大切にするものだわ」

N「つい先ほどまで、命を絶とうとしていたローラが、いつの間にか、会ったこともない相手を懸命に説得しようとしていました」

ローラ「そうよ。命は一つ、かけがえのないものよ。声が出ないからって、恋人に捨てられたからって、そのくらいのことで……。

でも、歌だけが生き甲斐だったって？　ちょっと、ちょっと、電話を切らないで！

勇気を出すのよ。希望をなくさないで！

切らないでよ。電話！　私にはわかる。いいえ、わかるわ。私だから、貴女の気持ちがわかるの。

だって、私も踊れなくなったバレリーナなのよ。

貴女が声を失ったカナリアなら、私は翼をもがれた鳥なのよ。どんなに辛いか、どんなに苦しいか、私には手にとるようにわかるの。自分を取り巻くすべてを憎み、神様を憎み、自分自身を呪い……いまの今まで、わたしもそうだったから……。

私、一人の男の子の命を助けたの。でも、そのために、踊れる脚を失ったわ。

あの子を恨むまいとすると辛くて、脚だけではなくて心までズタズタになった。耐え切れなくなって……一人の命を救ったのに、私一つの命を絶とうとしていたのよ。

たとえ、声が出なくなっても……そうよ。歌えなくたって、ねえ、貴女、歌を作ることは出来るのじゃないかしら。人に教えることだって。歌えなくたって、歌の心を伝えることはできるはずだわ」

N「ローラは、受話器を押さえ、同じ言葉を自分に言いきかせました。踊れなくても、踊りの心は伝えられる、と。そして、帽子をとり、マントをぬぎ捨てました。姿の見えない相手に、こみあげる熱い思いを伝えたいと心の底から思ったのです」

ローラ「そうよ、きっとできるわ、貴女、希望をなくさないで！

ああ、貴女、わかって下さったのね。嬉しいわ。

やめて！　そんなにお礼を言わないで、お礼を言いたいのは私の方よ。本当にありがとう。
エッ？　あの人ひとりが男じゃないって？　ウフフ……その調子よ。どこまでも希望をなくさないで、ネッ」

N「ローラは、手を伸ばし、花を花瓶にもどし、白いハンカチをはねのけると、トウシューズを抱えました」

ローラ「じゃあね。あっ、ちょっと待って、電話、切らないで！
あの、あのね。貴女が間違えたこの電話番号、忘れないでね。
今度は、楽しい話を聞かせてもらいたいから。
ええ、いつか、きっと会いましょう。きっと、ね」

N「受話器を置いたローラは、電話にむかって、深々と頭を下げました」

ローラ「ありがとう、間違い電話。
私、どうかしていたのね。あんなにも、生きようと懸命だったママの姿を見ていたくせに何てことを考えたのかしら。コニイにあやまらなくちゃ」

SE（電話のベル）

N「今度こそ、待ちかねていた病院からの電話でした。それも、再手術をすれば、かなり快復するだろうという、嬉しい知らせだったのです」

ローラ「ありがとうございます。もう、だめかと思っていました。だって、あんまりお電話がないから……。

エッ、ずっとお話中だったって……ああ……ごめんなさい」
N「手術の結果、どこまで踊れるようになるか、そこまでは保証の限りではないという先生の言葉にも、ローラは、明るく答えました」
ローラ「どんな結果でも、もう大丈夫です。本当に大丈夫！
それでは、明日、病院に参ります。どうぞ、よろしく」
♪　アン　ドゥ　トロァ
アン　ドゥ　トロァ
またいつか
風になれる　わたし
光の中で　踊れる
鳥は　翼を得て
蝶は　舞うわ　ふたたび
喜びと幸せに
胸おどる　その日
アン　ドゥ　トロァ
アン　ドゥ　トロァ

（終）

朗読ミュージカル

きっと明日は

O・ヘンリー「赤い酋長の身の代金」より

登場人物
N（語り手）
サム
ビル
坊やジョニー
ドーセット
ママ

序曲

N「ある秋の黄昏どき。うらぶれた酒場の隅で、二人の男が、ジョッキを傾けていた。一人は中肉中背、栗色の髪と濃い眉のハンサムな男で、もう一人は、大柄な身体に隙間なく空気をつめこんだような、そう、簡単にいえば見事なデブだった。みるからに人のよさそうな彼の目は、ふくらんだ大きな顔の中では、まるで点のようで、笑うと、ほんの小さな切り込みにしか見えなかったが、その目を精一杯見ひらいて相棒に語りかけた」

ビル「兄貴ィ。何かこうパーッと目の覚めるような金儲けの話はないもんかねえ」

♪　金　金が欲しい

金が欲しい　金が欲しい

俺たち詐欺師　前代未聞の
デッカイ仕事を思いついたが
元手の二千ドル　二千ドルがないのさ
カードに運をかけようか
競馬でドカンとあてようか
どっかに落ちちゃ　いねえだろうか
金　金が欲しい　親愛なる神様よォ
何とぞ我らに　お恵みを

サム「おい、ビル。静かにしてくれ。さっきから俺も、そいつを考えていたのさ」
N「兄貴と呼ばれた男サムは、ジョッキを置いて腕を組み、考え深げな表情で天井を見上げた。あまり上を向きすぎたために、ほとんど白目になってしまったサムの顔を、ビルは、尊敬と信頼をこめてじっと見つめていた。
やがて黒目がもとに戻ったサムは」
サム「いいか。こいつァ、今までにない画期的な考えなんだ。とてつもない計画なんだ。抜群のアイディアなんだ。考えただけで身体中の血がザワザワと音立てて駆けめぐるような〝サム　アンド　ビル〟の大犯罪さ」
♪　いいか相棒　おいらの片腕

こいつはイカスぜ　バツグンさ
大胆不敵な名案だ
　アカデミックで
　ドラマティックで
　ロマンティックで
　ファンタスティック
　テイックタック　テイックタック
　テイックタック　テイックタック　テイックタク
胸はときめく　心は躍るよ
一滴たりとも血を流さずに
一夜明ければ　二千ドル
二人は　たちまち大成金さ
　ぜったい成功　間違いなし！
ビル「兄貴ィ。勿体《もったい》つけねえで早く聞かせてくれよォ」
サム「(用心深くあたりを見回してから声をひそめ) いいかビル、簡単に言やぁ、こんな計画だ。
　ねらいをつけたのは、サミットという町の大金持ちの金貸しドーセット。これがまあ、ゴウツクばりの頑固者。鼻持ちならない嫌な奴だが、そのドーセットの一人息子が、俺たちのターゲットってわけさ」

ビル「息子って、年はいくつだい」

サム「九つさ。真っ赤な縮れっ毛の腕白坊主。ほっぺた一面に胡麻をふりかけたようなソバカス坊やだ。その子をチョイとお預かりしてだな。お返しするにあたって、交換に二千ドル頂戴しようって寸法さ。

いいか、ビル。どんなにケチな男だってわが子となりゃあ話は別だ。間違いなく二千ドルは出すだろうよ」

ビル「すげえや！　さすが兄貴だ」

N「二人はその町から二マイルほどのところにある小さな山の洞穴《ほらあな》を隠れ家に選び、食糧を蓄え、すっかり準備を整えた。やがて日が沈んでから、馬車を借り、ドーセットの家の前を通ると赤毛の男の子が向かいの塀の子猫に石をぶつけていた」

サム「あいつだ。おい、ビル、話しかけてみろよ」

ビル「お、おいらがかい」

サム「そうさ、年頃の娘の場合《バヤイ》は俺の方だが、子どもならお前の方がうけるからな」

N「そこで、ビルは、そっと坊やに近づき、思いっきりの笑顔で話しかけた」

ビル「いやァ、坊や。おじさんと馬車でひとっぱしりしてみないかい」

N「坊やが返事の代りに投げた石が、ビルのおでこに命中した」
ビル「おお痛ェ！　兄貴、金は五百ドル値上げしよう。二千五百ドルだ。ウー痛ェ」
N「喜んで馬車に飛び乗った坊やを洞穴につれていき、サムは一人で馬車を返しにいったのだが」
♪（遠くから聞こえてくるインディアンの太鼓）
N「サムが洞穴に戻ったとき、ビルは、顔中のひっかき傷に絆創膏を貼っているところだった。どうしたんだ、と尋ねる間もなく、いきなり坊やがサムの前に立ちはだかった」
坊や　♪　ホッホー　イヤ　ホッホー　ホッホホー
　わしはインディアンの酋長　大酋長　ホッホー　イヤ　ホッホホホー
　見渡す限りの大平原で　泣く子も黙る大酋長　イェー　ホッホホー
　無礼があれば　いのちは無いぞ　情け知らずの大酋長
　ホッホー　イヤ　ホッホー　ホッホホホー
　『こらー無礼者ォ　挨拶もしないで入ってくるのか』
ビル「兄貴ィ。こいつときたらインディアンごっこしようなんて言ってさあ。すっかり酋長気取りで、おいらは捕虜だっていうんだ。それで、あしたの朝インディアンの掟に従って『お前の頭の皮を剝《は》ぐ』なんてぬかす。それで、笑ったら怒りだして、ひっかいたり蹴飛ばしたり。この傷をみてくれよ」
N「坊やは、サムにも『無礼なお前は、明日の朝、火あぶりだ』と高らかに宣言した。

夕食になると、坊やは大はしゃぎ。壊れたテープレコーダーのように一人で喋り続けた」

坊や「なんだかキャンプみたいでオモシロイね。ねえねえ、この森に、ほんとのインディアンがいると思う？　ねえ、そっちのベーコンとってよ。肥《ふと》ったほうのおじさん、そうパンもね。ウーン、美味しいなあ。ぼくさあ、こないだの誕生日で九つになったんだ。学校？　大っ嫌いさ。あッ、ここにいたら学校なんか行かなくていいんだね。ぼく、ずーっとここにいてあげてもいいよ。スープ、おかわり！　ねえ、肥った方のおじさん、おじさんの鼻、どうしてそんなに赤いのさ。赤鼻のトナカイみたいだ。ハイお肉もっと！　ねえ、肥った方のおじさん、おじさんの目って、点みたいだね。ボク、ホクロかと思っちゃったよ。アレッ、目やにがついてら、ウフフ、やっぱり目だったんだ。アハハハ……。アッ、あそこにお星さまが見えるよ。ほらァ　見て、見て」

♪　ねえねえ　教えてよ
お星様って　熱いのかなあ
とんがっていて　痛いのかい
ねえねえ　知ってるかい
オウムは　話が出来るんだ
九官鳥も　しゃべれるよ　『コンニチハ、オハヨ、バーカ』

ねえねえ　答えてよ
猿や魚は　しゃべれるの
蛇やとかげは　歌えるの
　あっちを見ても　こっちを見ても
　不思議がいっぱい　なぜ　なぜ　なぜ
　ねえねえ　聞いてよ　ぼくの話

「ねえ、ここにはベッドはあるの？　ぼく、なれない枕だと寝付きが悪いんだ。ねえ、ここってたった一部屋しかないの？　ウチなんかさァ、召使の部屋だけで五つはあるよ。僕の父さん、お金持ちなんだ。でもケチンボなの。だから僕が、ずーっと前からほしかった鉄砲だって、靴だって、買ってくれないんだ。銀の飾りがいっぱいついてる鉄砲と鹿の革の靴なんだけど、いくら頼んでもダメなんだ。いやんなっちゃうよ」

N「ひっきりなしにしゃべり続ける脈絡のない話に、サムもビルも、とてもついていけなかった。ただ黙々と食べつづけるだけだったが、時折、坊やが、棒切れを持って立ち上がり、インディアンのときの声を上げるので、そのたびに、二人は皿を落っことしたり、食べ物を喉にひっかけたり。坊やが鶏のモモにかぶりついて、ようやく静かになった時、サムが尋ねた」

サム「なあ、坊や」

坊や「坊やじゃない！　インディアンの赤い酋長だよォ」

サム「すまん。そいじゃ赤い酋長の旦那。ちょっと聞きたいんだが、家に帰りたくないのかい」
坊や「帰りたくなんかないよ。ちーッとも。ぜーんぜんさ」
　♪　父さん　いつも　機嫌が悪くて
　威張るか　怒るか　ブツブツ言うか
　笑った顔を　見たことな・い・よ
　母さん　いつも　キラキラお洒落
　毎日お出かけ　顔さえ見れば
　いつだって同じさ　オウムみたいに
　『お勉強しなさい、ジョニー！　宿題はすんだの、ジョニー！
　姿勢が悪いわ、ジョニー！　真面目にやるのよ、ジョニー！』
「ジョニーって僕のことだよ。だからさぁ。ウチなんか面白くないんだもん。こうやってキャンプしてる方が、ずーっといいや。
父さんも母さんも、僕の話なんかちっとも聞いてくれないんだ。僕がいなくたって平気さ。肥ってない方のおじさん、僕を家に帰そうなんて思わないよね。ね、ね」
サム「も、もっちろんだ、坊や。じゃない酋長の旦那には、もうしばらく、ここにいてもらう」
坊や「ワーイ！　嬉しいなあ。こんな楽しい事って生まれて初めてだ」
N「こんな具合だから、坊やが逃げ出す心配は全く無かったが、その夜は、一応二人の間に寝かせることにした。ところが、坊やは、木の葉がザワついた、小枝が音をたてたと言っては『悪者がきたぞ。者共、起きて戦え！』と叫ぶのだ。おかげで二人は少しも眠れない。やっとウトウトしても、今度は、赤毛のインディアンに捕《つか》まった悪夢にうなされる始末だった」

♪

N「真夜中、ビルの凄まじい叫びにサムは跳ねおきた。ねぼけた坊やが『約束通り頭の皮を剥ぐんだい』と言って、ビルの上に馬乗りになって、髪の毛をひきむしっている。やっとのことで坊やを寝かしつけたが、その間中ビルは、歯の根もあわないほどの脅えようで、岩の隙間に肥った身体を押し込んで、何とか隠れようと無駄な努力をしていた。寝そびれたサムが煙草を吸おうと洞穴をでると、ビルが、転がるようについてきた」

ビル「兄貴、頼むよ。おいらを一人にしないでくれったら。どうしてこんなに早く起きるんだよ」

サム「ちょっと肩が痛くてね。起きている方が休まるかと思ってさ」

ビル「嘘だ。兄貴だって怖いんだろ。無理もねえ、火あぶりにするなんて言われたんだからな。ったく、あいつの頭ン中、どうなってるのか見当もつかねえ。なあ兄貴、あんなガキのために金を出す奴なんかいるもんだろうか」

サム「ビル、あんなガキにかぎって、親は人一倍可愛いもんなんだ。さあ、朝飯の支度をしてくれ。俺は町のようすを見てくるから」

N「サムは、山のてっぺんにのぼり、今ごろ大騒ぎになっているに違いない町の様子を眺めた。ところが……」

サム　♪　夜明けの町には　人影もなく
早起きすずめも　まだ夢の中
小川の流れも　ねむそうに
吹く風さえも　目覚めぬままに
のどかで　平和で　静かな夜明け
ルルルルーラララー　ルルルラララー
ルルルルーラララー　ルルルラララー

サム「そうか。多分二匹の狼が可愛い小羊をさらっていったことに、まだ誰も気づいちゃいねえんだ。親愛なる神よ。どうぞ二匹の狼に、お恵みを」

N「勝手な祈りを捧げたサムが洞穴に戻ると、転がるように飛び出してきたビルが、泣きながらサムにかじりついてきた」

サム「ど、どうしたんだ、ビル」

ビル「どうしたもこうしたも、このガキが、おいらの背中に熱く煮えたジャガ芋を放り込んだんだ。びっくりして立ち上がったところを跳び蹴りさ。おいら、グラグラ煮えたシチュウ鍋んなかに尻餅ついちまった。もう嫌だ嫌だよう」

♪　兄貴ィ

おいら今まで　地震だって　火事だって　洪水だって　竜巻だって
ピカピカゴロゴロ雷だって　これっぽっちも怖がらず
兄貴のあとに従った『だが　兄貴ィ』
頼むよ　おいらを　このガキと　二人にだけはしないでおくれ
『あいつと二人になるよりは　ピラニアのいる川に投げ込まれたほうが、まだマシだ』
♪
N「何とかビルをなだめたサムは、坊やの肩をつかみ、ソバカスがパチパチ音をたてるほど揺さぶって、いい子にしてないと家へ帰すぞ、と脅かした。サムは、早速ドーセットへの手紙を書き始めたが、ビルは二千ドルの身の代金を千五百ドルに値下げしようと泣かんばかりに言いはって、絶対に譲らなかった」
ビル「なあ、兄貴。俺だって、わが子を思う親ごころくれえ、良く分かってる。親の愛にケチつけようなんて、そんな気は全然ねえんだ。だけど、そりゃああくまでも人間の話だと思うんだ。こんなソバカスだらけの山猫みてえな小僧をタネに、二千ドルふんだくるってのは、どう考えても人間的じゃねえ。差額の五百ドルは、おいらが払うからさ、千五百にしとこうって。なあ、サム、頼むよ」
N「サムは、ビルの切なる願いを聞き入れ、鉛筆なめなめ手紙を書いた」
サム　♪　親愛なる　ドーセット殿
俺たちゃ　あんたの坊ちゃんを　預かってるぜ　秘密の場所に

どんな探偵、お巡りだって　探せっこない　秘密の場所だ
あんたが息子を取り戻す　たった一つの方法は　千五百ドル払うこと
つべこべ言わずに　すみやかに　返事をよこせわかったか
ドゥドゥドゥードゥドゥドゥー
『それからエーと、あっ、そうだ』
場所はこの地図麦畑　東の柵にそって立つ　大きな木だよ　一、二、三
三番目の木の根元においた　箱に返事を入れるんだ
使いは一人で　午後八時
再び　真夜中十二時に、千五百ドルを届ければ、息子はただちに帰るだろう
シュビドバ　シュビドバ　シュビドバー
約束守れ　ごまかすな　二人の命知らずより
『書けた！』
「どうだ、ゾクゾクするような名案じゃねえか」
ビル「確かにいい計画だ。だけどおいらは、背筋がゾクゾク寒けがしてる。だって兄貴がその手紙を出しにいく間、おいらはまた、坊主と二人で……」
サム「ポストに入れてくるだけだ。これっきりなんだから辛抱してくれ」
N「サムは、もう一度『いい子にしないと家に帰すぞ』と坊やを脅かしてから山をおり、手紙を投函す

ると大急ぎで洞穴に戻った。が、ビルと坊やがいない。あたりを探しまわり、一、二度、危険をおかしてよびかけてみた。

するとつい、灌木の茂みから這いだしてきたビルが、よろよろとサムの前まで来て、ガックリ膝をついた」


♪


N「坊やが、顔をクシャクシャにして笑いながら、足音を忍ばせてついてくるのが見えた。坊やはビルの三メートルほど後ろでたちどまった。

何も気づかないビルは、その場にへたり込んだまま言った」


ビル「兄貴は、おいらを裏切り者だと思うだろうが、もう、どうしようもなかったんだ。おいらだって男としての意地は持っている。勇気だって、ちったぁあるほうだ。だが、限界っちゅうものだってあるんだ。

まあ聞いてくれ。兄貴には『いい子にしてる』なんて言ったくせに、あのガキときたら兄貴の姿が見えなくなると、いきなり『競馬ごっこしようよ。僕が騎手でおじさんが馬さ』なんてぬかすんだ。

嫌だといったら泣きわめく。しかたがねえ。もう少しの辛抱だ。おいら馬になって、あいつを乗せた。

『もっと走れ、早く、早く！』って、枯れ枝で嫌ってほどひっぱたかれながら一時間も走り回った。とうとう息がきれてぶったおれると、あいつめ、『餌をおあがり』なんて口に砂をつっこむんだ。そのあげく、次から次へと例の質問ぜめさ。

『なぜ夜は暗いの？　どうして草は緑なの？　なぜ女と男がいるの？

どうして空気は見えないの？　なぜ、なぜ鼻の穴は二つあるの？』

もう我慢もギリギリのとこまできちまった。

おいら、奴の襟首つかんで、山からひきずりおろした。その間だって、蹴っ飛ばされるは噛みつかれるは、ほうら親指なんか歯形がついてしびれてる。だが、だが、もう、あいつはいねえ、いねえ、いねえんだ」

♪　あいつは帰った　帰っちまった　あいつの家へ『ハハハ……』

道を教えてひと蹴りしたら　山かけおりて帰っちまった『バーイバイ！』

あいつと一緒に消えてしまった身の代金　すまねえ兄貴『すまねえ』

だけど　だけど　おいらは嬉しい　泣きてえくらいさ
赤毛のあいつはもういねえ　ソバカス坊主は　もういねえ『ハハハ……』

バンザイ　バンザイ　バンバンザイ『バンザーイ』

サム「ビル、それは難儀なことだったな。

ところで、お前の家系にゃ心臓病はいないだろうな」

ビル「いないよ。蕁麻疹《じんましん》とおたふく風邪くれえかな。心臓の持病はいねえよ」

サム「そんなら、まわれ右して、後ろを見てみろよ」
ビル「後ろ？」
♪（ビルのショックを現す）
N「後ろをふりむいたビルは、坊やの姿が目にはいったとたん、この世のものとは思えない悲鳴をあげて、腰をぬかしてしまった」

N「午後八時、木の下の箱を見に行ったサムが、一目散に洞穴に戻ったとき幸いなことに、たらふく食べた小さな酋長は、ぐっすり眠っていた」

サム「オイ手紙だぞ、ビル。チェッ、何て読みにくい字なんだ。おい、カンテラ、もっとこっちへよこせ。何だと、二人の命知らず殿ときたぞ、ハハハ……。

拝復……拝復ってのは、謹んでお返事申し上げますって意味だ。なかなか礼儀正しいじゃねえか。いいか続けるぞ。

『愚息と交換する身の代金についてでありますが、貴殿の要求は、いささか高すぎると思われますので、ここに反対提案をいたします。

貴殿が、息子ジョニーをお連れくださり、現金にて二百五十ドルお払い下さ……二百五十ドルお払い下さるならば、本人を引き取ることに同意します。

なお、実行は夜分がよろしいかと存じます。なぜなら、町中が息子の噂で持ちきりであり、姿を見られればいかなる事態になるか責任を負いかねるからであります。　敬具　　エプニーザ・ドーセット』」

サム「何てこった、こりゃあ脅迫状じゃねえか。図々しいにも程がある、大悪党め」

♪

N「その時サムは、ビルのすがるような切ない表情を見た」

ビル「兄貴、たかが二百五十ドルだろう。俺たち、そのくらいの金は持ってるじゃないか。それにしても、ドーセット旦那って人は立派な紳士だ。あのアホ息子を、ちゃんと愚息と言い俺たちを貴殿と呼ぶなど、礼節をわきまえていなさる。その上愚息をさらった俺たちに、これっぽっちの要求しかしねえなんて、実に寛大なご仁だ。兄貴、こんなチャンスをみすみす逃《の》がすつもりじゃねえだろう」

サム「実をいうとビル、俺もこの坊主には少々参っているんだ。こいつを家へ連れて行って、二百五十ドル払って逃げ出すとするか」

ビル「兄貴ィ、それでこそ、おいらの尊敬する兄貴だ」

N「サムは、よく眠っていた坊やを揺り起こした」

サム「酋長さん。起きた、起きた。父さんが、あんたの欲しがっていたものを買ってくれているらしいんだ。銀の飾りのついた鉄砲と鹿革の靴だ。それを取りに行って、明日は皆で鹿狩りにいこうじゃないか」

坊や「エッ、父さんが、僕に買ってくれたの？　ほんと？　僕、何度も頼んだんだけど、父さん、僕の言うことなんか聞いてないのかと思ってた、そうかぁ、ほんとはちゃーんと聞いてたんだね。父さんったらぁ」

N「でまかせの嘘を信じて、無邪気に喜ぶ坊やの様子に、二人は思わず胸をつまらせた。ビルは坊やから目をそむけて言った」

ビル「ケッ、不憫《ふびん》じゃねえか」

♪　不憫じゃねえか　ちいさな酋長
　でまかせの嘘　真にうけて
　目を輝かせて　喜んでいる
　可哀相な小僧　赤毛の坊や
　金はあっても　ひとりぼっちで
　寂しい暮らし　してたんだろう
　あどけない笑顔　見ていると
　なんだか別れが辛くゥー

「オッといけねえ、別れの辛さどこじゃねえ。うっかり今までの辛さを忘れてホロッとしかけちまったぜ。いけねえ、いけねえ。同情は禁物だ。あいつにしても、おいらにしても、それぞれの運命ってもんがあるんだからな」

坊や「ね、また、ここへ戻れるんだよね。きっとだね、絶対だよ」

N「何度も念を押す坊やの顔を、なるべく見ないようにしながら、二人がドーセットの家についたのは、ちょうど夜の十二時だった。初めの計画では、二千ドル手にしている筈だったその時間に、二人は二百五十ドルをドーセットに支払っていた。坊やは、家に帰されると知るや、耳をつんざくような大声で泣き喚き、ヒルのようにビルの足にしがみついた。父親はそんな叫びなど無視して絆創膏をはがすように少しずつ息子をビルから引き離した。やっと坊やが離れた時、ビルは尋ねた」

ビル「旦那、どのくらいその子を捕まえていられますかね」

ドーセット「わしも昔ほどの力はなくなったが、まあ十分ぐらいは約束できるだろうな」

ビル「それだけあれば充分だ。どうか旦那、しっかりおさえていてくだせえ。十分もありゃあ中部、南部中西部の州を越えて、カナダの国境めざしてスタコラ走っているだろうよ」

N「ビルは肥っていて走ることは大の苦手なのに、サムが追いつくまでに、サミットの町からたっぷり一マイル半も離れたところをひた走っていた」

ビル「兄貴、まっとうに生きようよ。もう悪い事はこりごりだ。特にガキを巻き込むのは真っ平だ。考えてみりゃ、あの孤独で気の毒なガキを、おいら、憎むところだったもんなあ。血を一滴も流さない犯罪やらかすのに、自分が血だらけになっちゃ何にもならねえ。お天道様《てんとう》に恥じないように生きていこうや、兄貴！」

N「サムはビルの肩をだきしっかり手を握りしめていった」
サム　♪　そうさ相棒　おいらの片腕　ラララ　ラララ　ラララン　ラララン
そいつはホントだ　真実だ
汗水流して働こう『それこそ』
アカデミックで
ドラマティックで
ロマンティックで
ファンタスティック
テイックタック　ティックタック
テイックタック　ティックタック　ティックタク
おてんと様も　おほめくださる
まっとうな道　あるいていこうよ
きっと　いい日は　くるだろ『そうとも！』
きっと　あしたは　いい日だろう　ラララ　ラララ　ラララン　ラララン
（楽しくはずむような二人の心をのせて……）

（終）

朗読ミュージカル

いざ別荘へ

O・ヘンリー「警官と賛美歌」より

登場人物

N（語り手）
ソーピー（ホームレスの男）
慈善団体の婦人
肥った警官
レストランのウェイター
美女（実は娼婦）
チョビ髭の警官
紳士
訛りの強い警官
判事

序曲

N　♪　春ならば　恋人たちの愛のささやき
交わす微笑《ほほえ》み　熱いまなざし
花の香りと　そよ風に
幸せあふれる公園
春のマジソン・スクエア
『しかし、そこかしこに、厳しい冬の訪れが感じられる頃になると、公園は、たちまち表情を変えていく』

♪　木枯らしに舞い散る落葉　はらりはらりと
震える木立　野良犬さえも
肩をすぼめて　足早に
通り抜けていく公園
冬のマジソン・スクエア
N「まったく初冬のマジソン・スクエアの寂しさといったら、噴水のまわりにも、ベンチにも人影はなく……と思いきや、一番端っこのベンチにむっくり起き上がった一人の男。舞い落ちた枯れ葉を一枚おでこに乗せたその男の名はソーピー。
彼はホームレスだった。
ソーピーはブルンと震え、大急ぎで脚とお腹《なか》に、ありったけの新聞紙を巻き付けてみたが、寒さは少しも、やわらがなかった」
ソーピー　♪　ハッハッハッハ　ハークション
ヒッヒッヒッヒ　ヒークション
うーう　寒い　ひどい寒さだ　ブルル　ルルル
魂までが凍りそう
うーう　寒い　こりゃ寒すぎる　ブルル　ルルル
そろそろ準備にとりかかろう

別荘へ行く　準備をしよう
いざ別荘へ　いざ別荘へ

N「ソービーは、おでこにはりついた枯葉を手にとると呟《つぶや》いた」

ソービー「今年も冬将軍さまからの挨拶状だ……。

そろそろ、この天井のないアパートは引き上げなくちゃな。

なに、ほんの三カ月ほど別荘で暮らせばいいのさ。

別荘ったって、アカプルコとか、ニースとか、そんな贅沢《ぜいたく》なこっちゃない。ここ何年か、冬を越すために選んでるチッポケな島なんだ。

ニューヨークのイーストリバーにある小島。簡単に言やぁ、刑務所って所なんだがね。いや、そんなに驚くこたぁない。俺にとっちゃ、まことに結構な別荘なんだ」

N「ソービーの意見によると、その別荘、刑務所は、この町にある施設なんかより、はるかに居心地のいい住まいだったのである。

慈善団体が作った施設は、確かに食べ物にもベッドにも恵まれてはいるのだが、自尊心の強いソービーには、我慢できない不愉快な代物だった。そこには慈善が帽子をかぶって、博愛主義が洋服をまとったようなご婦人たちがいて、鼻眼鏡ごしに、ジロジロ見つめ、質問ぜめにするのだ」

婦人「ハイ、次の方。まあ、酷《ひど》い匂い、早速《さっそく》、入浴なさってくださいましね。

で、アナタ、こんなに恵まれた体格をしてらっしゃるのに、なぜグウタラグウタラしてお暮らしなんざんすの。えっ？　ご家族は？　いつからこんな生活を？」

ソービー「ヘッ、いちいちプライバシーに立ち入るなってんだ。人間、ちったぁ秘密めいてた方が、翳《かげ》があって神秘的なんだ。身元調査された上に、ペコペコ頭下げて、精神的屈辱を味わうくれえなら、多少窮屈だって法律の厄介になった方が、ずっとましってもんだ」

N「ただソービーの望む別荘に行くには、少しばかり手続きが必要だった。いくら望んだって簡単には行ける所ではない。そう、何か仕出かして、一応、警察の手に引き渡されなければならないのである。

ソービーは、寒さに震えながら考えた」

ソービー　♪　ハッハッハッハ　ハークション

手っとり早い方法は、

ヒッヒッヒッヒ　ヒークション

食い逃げだ『そう、無銭飲食！』

たらふく食べて　たらふく飲んで

一文なしだと　胸はれば

たちまち御用さ『警官登場！』

じたばたしないで　とっ捕まって

めでたく　おいらは　別荘へ
　いざ別荘へ
N「ソービーは、ブロードウェイ通りを北へ向かったあたりにある、まばゆいばかりの高級レストランに足を運んだ。
道々、通りに連なる高級店の、磨きぬかれたショーウィンドウに姿を写して、横目で自分の姿を点検した。
髭《ひげ》もそってあるし、上着も見苦しくはない。蝶ネクタイだって感謝祭の時、シスターから頂戴した上物《じょうもの》だ。ズボンのよれよれと、チビた靴、それがチョッと気にはなったが、チャーミングな笑顔でボーイを引きつけておいて、素早く腰掛けてしまえばこっちのものだと、ソービーは思った」
ソービー「この顔を含めて、上半身には自信があるんだ。とにかくテーブルについたら、おもむろにメニューを開く。そして、俺は、堂々と注文するんだ。
『ま、ま、ま鴨《がも》の、ま、ま、ま、丸焼き』
こんなふうに、慌《あわ》てちゃいけない。悠々だ、悠々とだ！」
♪　アペリティーフには、ドライのシェリーを
オードブルは、キャビアを少々
スープはビーシソワーズ
アントレには真鴨の丸焼き

シーザースサラダをたっぷり
極上のワインにカマンベールチーズ
食後にコーヒーと葉巻を一本
たらふく食べて　たらふく飲んで
あとは『お金がない！』ってんで、捕まって
いざ別荘へ　いざ別荘へ

N「しかし、ソービーは、いきなり挫折した。彼がレストランに一歩足を踏み入れたとたん、運悪く、支配人の目が、擦《す》り切れたズボンと履《は》き古した靴の上に落ちたのだ。慇懃《いんぎん》で、気取っているわりには、やたら荒々しい手が、ソービーの両肩をぐいっと摑むと、グルリと向きを変え、そのまま表に突き出したのである。

つまりソービーは、レストランに入ってUターンしただけで、最初の計画を終了してしまったのだ。しかし、決してめげてはいなかった。直ちに、次の計画に移ろうとしていたのである。

ソービーは、美しく飾られたショーウィンドウの中でも、ひときわ目立つ高級食器店の前で立ち止まった。そして、石を拾い上げると、やにわにその一枚ガラスに叩《たた》きつけたのである。

(ガラスの割れる音)

派手な音に驚いた野次馬がたかり始め、肥《ふと》っちょの警官が、鉄砲玉のような勢いですっ飛んできた」

警官「誰だ！　こんなことをした奴は誰だ、誰だ！　けしからん」
ソービー「旦那、あっしはソービーっていうんですがね。このガラス叩き割り事件に、あっしが関係あるとは思いませんかね」
警官「バカもん。このでっかいガラスを叩き割った犯人が、こんな所にウロウロしてるわけがないだろうが。そいつは、本官の凛々《りり》しい姿を見たとたん、一目散に逃げ出したに決まっとるんだ。あっ、あっちへ走っていくあいつだ。あいつに決まっとる。待てェ〜〜！」
N「警官が追いかけて行ったのは、バスに乗り遅れまいと必死に走る男だった。その後ろ姿を見ながら、ソービーは肩を落とした」
ソービー「なんてこった。またしくじっちまった。そうだ、もう一度食い逃げを試してみよう。そうだ、あそこにある店なら、かなり大衆的だからな。さっきみたいに、ズボンや靴を気にしたりはしないだろう」
N「ソービーは、素早くテーブルにつくと、ビーフステーキと、アイスクリーム、ホットケーキとドーナツとパイ、という支離滅裂《しりめつれつ》な注文をして、息もつかずに平らげた。それから、ウェイターを呼んで言った」
ソービー「俺、実は一文無しなんだ。ゼンゼーン、金を持ってないんだよ。さあ、さっさとお巡りを呼んでこいよ」

N「ウェイターは、首をしめられたシャモのような声で言った」
ウェイター「なんだと。金がないって？　フン、お前みたいな奴には、お巡りの必要なんかないさ。さっさとお引き取り願おうじゃないか。おい誰か、手伝ってくれ。この粗大ゴミ、イヤ、腐った生ゴミを放り出すんだ」

SE（不協和音）
N「不運なソービーは、二人のウェイターの手で、キチンと右の耳を下にして、レンガのテラスに放りだされた。
ソービーは、尺取り虫《しゃくとり》みたいに、ちょっとずつ身体をずらして、やっとこさっとこ起き上がった」
ソービー　♪　ああ　はるかなる憧れの島『ケイムショ！』
手をさしのべても　足のばしても
声をかぎりに叫んでも
あまりに遠い恋しき島よ『ケイムショ！』
なぜ　なぜ　なぜだ
わが別荘は、遠ざかるばかり
ああ　ああ　ああ
N「気を取り直したソービーが、ふと顔を上げると、すぐ先のショーウィンドウを覗き込んでいる、上品で優雅な女性が目に入った。

そしてその女性から二メートルほどの所に、いかめしい警官が、消火栓にもたれているのが見えた」

ソービー「そうだ。あの美しい女性と、誠実そうな警官の前で、いやらしい女たらしを演じればいいんだ。女はキャーと叫び、警官は俺を捕まえる。それで万事オッケイだ。これで別荘は、ぐーんと近くなってきたぞ」

♪　いざ別荘へ　いざ別荘へ

N「ソービーは、ネクタイを直し、チョッキのボタンを点検してから、髪をかきあげ、気取りに気取って、女に近づいていった」

ソービー　♪　ウフッ　ウフフ　ウッフフー

月の光は　君の瞳を

レモンの雫《しずく》で満たす

『待てよ、レモンの雫じゃ、目にしみるかもネ。

レモンイエローにしよう』

レモンイエローのさやけき光

君の瞳に　影を宿す

夢見るひととき　二人だけの

ムーンライト　ヘヴン
『ヘッ、我ながらキザだぜ。
ねえ、キミ、今夜、うちへ遊びに来ないかい。嫌とは言わせないぜ。
一目で、君の魅力にしびれてしまったんだから』
N「ソービーは、めいっぱい気障《きざ》っぽくプレイボーイを演じた。警官が、気にしているのを意識しながら、ソービーは、なおも、しつこく言い寄ろうとした。後は、女が悲鳴を上げるか、警官に助けを求めてくれさえすればいいのだ。
ソービーの頭の中に、刑務所のある島の情景が浮かび、次第に輝きを増した。
すると、女は、頬を染めて、恥ずかしそうに言った」
女　♪　まァ嬉しいわ
声をかけてくださるのを
今か今かと待っていたのよ
私の方から誘いたくても
見ているんですもの　ポリ公が
嬉しいわ　遊んでちょうだい
ハンサムさん　お金は持っているんでしょうね
N「樫の木にからみついた蔦みたいに、腕にしがみついた女に引きずられながら、一見、恋人同士のような状態で、警官の前を通りすぎながらソービーは、泣けてきそうだった。今や、助けを求めたいのは、彼の方だったのだ。
次の曲がり角で、ソービーは、必死で女の腕を振り切り、夢中で逃げ出した」

SE

ソービー ♪ ああ ああ 神様
俺は 一生 逮捕されない運命でしょうか
ああ ああ 神様
俺は 守られすぎちゃいませんか
それとも 神様 ひょっとして
アナタは何か勘違い なさっているんじゃないですか
どうか 神様 落ち着いて 俺の願いをお聞きください
俺の望みは ただ一つです ただ一つ
いざ別荘へ いざ別荘へ
『それだけなんでさ、神様ァ』

N「絶望的になったソービーが、どうしたらいいんだよォ！ と叫びかけた時、目の前を、チョビ髭をはやした一人の警官が、勿体《もったい》ぶった恰好で行きつ戻りつしているのに気づいた。そこは立派な劇場の前だった。

ソービーの頭に〝治安妨害〟という言葉が浮かんだ。その四文字にすがろうと彼は思った。そして、突然ドラ声を張り上げ、酔いどれのようにわめき、踊ったり歌ったりの大騒ぎを始めた。

しかし警官は、ソービーにはまったく無頓着で、背中を向けると、近寄ってきた人たちに言った」

警官「エー、みなさん、多分、この人はエール大学の学生ですよ。ハードフォード大学との試合に勝ったんで、お祝いのバカ騒ぎをやってるんです。騒々しいけれど、別に害はないから放っておけという命令を受けているんです。

ま、大目にみてやって下さい。嬉しい気持ちは分からんでもないですからな。何でもありません。お引き取り下さい」

N「ソービーは、みじめな気持ちで無駄な騒ぎを中止した。冷たい風に身震いしたソービーは、上着のボタンを留め直しながら真剣に思った。ひょっとして逮捕免疫症なんていうのがあるんじゃないだろうかと」

ソービー「見放されたんだ。俺は、あの刑務所のある島に、嫌われちまったんだ」

♪（呟くように）いざ別荘へ　ベッソウへ（ベソをかく）

♪

N「涙と鼻水が一緒になって、何とも情けない気分のソービーだった。

鼻をズルンとすすりあげた時、たばこ屋の店先で、一人の紳士が、煙草に火をつけていた。すぐ傍《そば》に、彼の傘が立てかけてあるのを見つけたソービーは、その傘を摑んで、ゆっくり身体の向きを変えた」

紳士「ちょっと待ちなさい。君、それは、ぼくの傘だぞ」

ソービー「待ってました。イヤこっちのことで。えっ、なんだと、これがアンタの傘だって？　それじゃ、どうしてポリスを呼ばないんだい。俺が盗んだんだよ、アンタの傘をね。ホラ、あそこにお巡りがいるじゃないか。早く、呼べったら、早くゥ」

紳士「な、なにを言うんですか。いや、よくあることです。つまり……そのう、こういう間違いはですね、珍しくもなんともない。もしそれが、あなたの傘だとしたら……お許し願いたい。実はですね。私は……今朝ほど……あるレストランで、その傘を……とり……とりちがえましたんで……もしあなたの傘だとしたら……そのう、どうかお許しを」

ソービー「も、もっちろん。もっちろん俺の傘さ」

N「ソービーは、思いっきり意地悪く言ってみたが、心の中には、すきま風が吹きぬけていった。こんなに捕まえてもらいたがっているのに、どうして誰も俺を捕まえてくれないんだよォーと絶叫したかった。

ソービーは、地下鉄工事中の穴に傘をたたき込むと、ヤケになって、無茶苦茶に歩きまわった」

N「ふと我に返ると、そこは妙にひっそりした街角だった。ここは、どこだ。目の前には、古めかしい教会がある。すみれ色のステンドグラスの窓越しに、温かくやわらかい光が見えた。

多分、次の日曜日のために、誰かが練習しているのだろう。美しい賛美歌の調べが聞こえてくる」

♪（賛美歌が静かに流れて）

N「ソービーは、いつの間にか、渦巻き模様の鉄柵に顔を押しつけ、賛美歌に聞きほれていた。その調べは、いつしかソービーを、遠い昔に引き戻していたのである。

それは、まだソービーが少年だった日、まだ汚《けが》れのない無垢《むく》な心を持っていた頃、よく耳にした賛美歌だった。中天《ちゅうてん》にかかった月は明るく輝き、車も人通りも絶えた街角は、まるで別世界のように思えた」

ソービー　♪　月影にうかぶ　ふるさと
　　まるで絵本の挿絵のような
　とんがり帽子の小さな教会
　　白いシャツに
　　紺のズボンの男の子
　　聖書と賛美歌　胸に抱えて
　　教会への道を駆けていく

小高い丘の上に立つ
とんがり屋根の教会で
母さんと歌った賛美歌
ラララー　ララララー
（賛美歌に重なっていく）

N「ソービーの心に、自分でも信じられないような、革命といってもいいほどの変化がおこった。そうだ。あの頃の心を取り戻そう。まだ遅くはない。それは、思いもかけぬ心境の変化だった」

ソービー「俺はまだ、比較的若いんだ。もう一度、少年の頃の純粋な野心や希望を取り戻すんだ。いつか、俺に運転手にならないかって勧めてくれた人がいたっけ。たしか毛皮の輸入業者だった。明日、あの人を訪ねてみよう。これからは一生懸命、真面目に働いて生きていくんだ。そうさ、俺だって、その気になりゃあ、ちゃんとした人生を……」

N「その時、ふいに誰かの手がソービーの肩を叩いた」

警官「こんな所で、何さ、すとるんだ」

N「振り向くと、それは、まぎれもない警官だった」

ソービー「何にもしてませんけど……」

警官「なぬ？　鉄柵の渦巻きが、ほっぴたにめりこむほどヌ、顔を突っ込んでいたくせすて、ナンヌもすてねえってか？」
ソービー「ええ、なんにも」
警官「嘘こくでねぇ、おめサは、ツィーとも気がつかねかったかもしんねぇが、それがハァ言う所の〝油断大敵、火事ボウボウ〟。本官は、さっきから、おめサのあやすげな素振《そぶ》りをば一部始終ズィ〜〜と眺めておった。そんでも、良心、良心、分かるか？『良い心』良心に恥ズることはこれっぱかしもネエってか？」
ソービー「ハイン、ナーンヌモ！」
警官「おめェ、なヌなまってんダ。ともかく、本官と一緒さ、来るんだ！」

SE（ベートーベン「運命」の衝撃的一節）
N「翌朝、軽犯罪裁判所の判事は、ソービーに言い渡した」
判事「ソービー。お前は挙動不審につき、禁固三カ月の刑！」

N　♪　あれほど望んだ島なのに
あんなに夢見た島なのに
なぜか　歯車くい違い
どこかで　ボタンのかけ違い

憧れの　あこがれの島に着きながら
とうとう着いた別荘で
首をかしげる　不運なソービー
不運で幸せ　おかしなソービー

♪

時は流れて
マジソン・スクエアが
花の香りにつつまれる頃
きっと始まるソービーの
生まれ変わった人生が
真面目に働くソービーの
希望に満ちた人生が
春　春　春のマジソン・スクエア
不運で幸せ　我らがソービー
春　春　春の我らがソービー

（終）

朗読ミュージカル

夜空の虹

登場人物

N（語り手）
ムーム（ネズミ）
アンナ（粘土の人形）
カナリア
スペイン人形
フランス人形
オランダ人形
インド人形
バレリーナ人形
イギリスの兵隊人形
奥様

序曲

N「ある森の中のお屋敷の天井裏に、ムームというネズミが暮らしていました。
ムームはひとりぼっちですが寂しくなんかありません。
ほうら、呑気な歌声が聞こえてくるでしょう。あれがムームです」

ムーム　♪　おいらはネズミ　一人ぼっちのネズミ『ムームっていうんだぜ』
だけど寂しくなんかない
天井裏のひとり暮らしも　いいものさ
ひとりは気まま　ひとりは気楽
何もないけど　心の中は

いつもいつでも　夢がいっぱい
おいらの夢は　色とりどりで
夜空にだって　虹を描《か》けるよ

N「世界中に仕事を持つお屋敷のご主人は、いつも旅行ばかりでしたが、子どものいない夫婦の趣味は、行く先々の土地の人形を集めることでした。

ですから、一つの部屋は人形で一杯。ムームは、その人形の部屋の天井裏に住んでいたのです。

ムームは、時々モザイクの天井板を少しずらして、夢のように美しい人形たちを見下ろすだけで幸せでした」


ムーム「ほんとは友達になりたいんだけどさァ。人形たちは、おいらみたいな薄汚いネズ公なんか嫌いに決まってるもの。

ま、いいのさ。見てるだけで幸せなんだから」


N「人形たちの部屋に、ただ一つ人形ではないものがいました。

それは金の鳥籠の中のカナリアです。雪のように白いつややかな羽、清らかに澄んだ歌声。人形たちは、皆このカナリアに夢中でしたが、ムームは、カナリアが大嫌いでした」


ムーム「フン、カナリアか。なんて薄っぺらな名前なんだ。

奥様のペットだっていうけれど。あの美しい姿と歌声に人形たちは、みんなのぼせ上がっちまってチェッ、おいらも、せめてもうチョビッと、イケメンだったらなあ」
だからアイツ、すっかりスター気取りさ。
……まるでアイドルだ。

N「今日も、人形たちは、少しでもカナリアの関心をひこうと競《きそ》っています。
フラメンコの衣装を着たスペイン人形は、黒い瞳をキラキラさせながら」
スペイン人形「カナリアさん。今日は、どんな歌を聞かせて頂けますの？」
N「すると金色の巻き毛のフランス人形が、花びらのような唇をとがらせて」
フランス人形「あらぁ、カナリアさん、今日はシャンソン歌って下さるお約束でしょう」
N「オランダの人形が、木靴をカタカタ言わせながら叫びました」
オランダ人形「ええっ、オランダの歌よ。ねえ、そうでしょ。カナリアさん」
カナリア「静かにしてくれないかなァ。僕、今日は疲れているんだ。何しろ君たちは大勢、僕は一人なんだからね。それより夕べ、僕が眠ってから来たっていう人形、紹介してくれないか」
スペイン人形「ダメダメ、今度の旅で、旦那様方、よほどの田舎へ行かれたらしくて……。貴方に、ご紹介できるような人形じゃないんですのよ」
フランス人形「驚くじゃありませんか。安っぽい色使いの粘土細工の人形なんですもの」
カナリア「そりゃぁ，見ものだ。どこにいるんだ。出てきて顔を見せてごらんよ。粘土の人形くん」

N「カナリアのカン高い声に、ムームが何事かと天井の隙間に顔を寄せると、ちょうどベンジャミンの鉢の陰から、小さな粘土の人形が姿を見せたところでした。恥ずかしさのあまり、顔も上げられない様子でした」

カナリア「へえ、思ったより可愛いじゃないか。で、君の名前は？」

N「ところが粘土の人形は返事をしません。口は動いているのに、声が出ないのです」

スペイン人形「ずい分失礼な人ねえ。せっかく紹介したのにご挨拶もできないの」

フランス人形「そうよ。カナリアさんに失礼だわ。何とか言ったらどうなの」

N「人形たちが口々に責めても、カナリアが何を聞いても、粘土人形は何一つ答えず、皆が怒り出すと、カナリアは、冷たい目をして言いました」

カナリア「いいじゃないか。あがっているんだ。田舎モンはほっとけよ」

N「人形たちはドッと笑い、それきり皆、粘土の人形には目もくれず、楽しそうに歌ったり踊ったり。粘土の人形は、一人ぽつんと取り残されたまま、大粒の涙をこぼしていました。カナリアに声をかけられた時、本当に嬉しかったのに、いくら力をふりしぼっても声にはならなかったのです。

天井裏のムームは、息もつけないほど腹をたてていました」

ムーム「どいつもこいつも、何だって、あんなに意地悪なんだ。あの娘の声が出なくなったのだって、夕べ皆で寄ってたかって，みすぼらしいとか、がらがら声で訛りがあるとか、さんざんからかったから

じゃないか。豪華な衣装に身を包んでいたって、心ン中は貧しくてボロッチイってことが、よォく
わかったよ」
N「そうです。それは夕べのこと。ムームが天井から人形の部屋を見下ろした時、ちょうど、旅行から
帰った奥様が、買ってきたばかりの人形を出窓に置いて独りごとを言っているところでした」
奥様「田舎の小さな村で見つけたこの粘土の人形、少しも飾り立てていないところが、いっそう可愛らし
いわ」
N「奥様が部屋を出ていったとたん、誰かが叫んだのです」
「失礼ねえ。あれじゃ、まるで私たちが飾り立てているみたいじゃないの」
「粘土だなんて、野暮ったたくてみすぼらしいわ。ねえ、あなた、名前は？」
N「ただでさえ緊張していた粘土の人形は、とげとげしい言葉に縮み上がってしまいました」
アンナ「わ、わたしの、な、名前は、ア、アンナです」
スペイン人形「なんて汚い声なの。それにひどい訛りがあるのね」
N「それからも、アンナは、意地悪な質問に答えるたびに笑われ、からかわれているうちに声が出なく
なってしまったのでした。
ムームは、あれからずっと、出窓のはしにしょんぼり立っている仲間外れの粘土の人形を見るたび
に、ため息をついていました」
ムーム「いくらみなりが粗末だって、何もあんなに意地悪することたぁないんだ。声をかけてやりたいけど、

あの娘だって人形だもの。やっぱり、ネズミなんか嫌いだろうからなァ」
♪　そして　ひと月過ぎたころ
のどかで静かな昼下がり
人形たちもカナリアも
うっとりうとうと夢の中
『おいら粘土の人形がどうしているか気になって、出窓の方をのぞいたら、その時、見えたんだ。あの娘の横を音も立てずに、黒い影がすりぬけていった』
♪　黒猫さ　黒猫さ
しなやかな身のこなし
音もなくしのびよる黒い影
ギラギラひかる金色目玉
ねらいはカナリア　金の籠
『へっ、こいつは見ものだ。籠の戸があけっぱなしだ。朝、水をかえた時、召使が閉め忘れたんだな。
みんな昼寝の真っ最中。へっ、いい気味だぜ』
SE（物の倒れる音）
N「いきなり大きな音を立てて倒れたのは粘土の人形でした。驚いた黒猫は身をひるがえして逃げましたが、昼寝の夢を破られた人形たちは大騒ぎ」
スペイン人形「まあ、嫌だわ。丸太ん棒みたいに、ひっくり返っているわ」
インド人形「寝ぼけたんじゃないの。あら、あの人ほっぺたが欠けてるわ」
N「寝起きの悪いカナリアは、つまらなそうに言いました」
カナリア「顔の壊れた人形なんて、歌を忘れたカナリアより始末が悪いぜ」
N「人形たちは、カナリアの言葉にドッと笑いました。ムームは、息もつけないほどの怒りで身体を震わせていました」
ムーム「声が出ないから、あの娘は、わざとぶっ倒れて、その音で黒猫を追っ払ったんじゃないか。カナリヤの奴、なんて恩知らずなんだ」

N「頰っぺたの欠けた粘土人形は、目立たない高い棚の上にあげられてしまいましたが、一番喜んでいたのはムームでした。

天井裏から手を伸ばせば届きそうな所に粘土の人形がいるのです。びっくりさせてはいけないと、声をかけるのを我慢していましたが、薄暗い棚の上の一人ぼっちの人形の頰に、とめどもなく流れる涙を見た時、とうとう辛抱できなくなりました。

そこである朝、何度も顔を洗い、念入りにヒゲの手入れをすると、そっと顔をのぞかせ、精一杯やさしい声でささやいてみました」

ムーム　♪　泣かないで　さあ元気をだして
さあ　悲しい時には故郷《ふるさと》の
緑輝く草原を　思いうかべてみてごらん
野菊のように可愛いアンナ
いつかきっとくるよ幸せな日々が
だから　泣かないで
さあ　元気をだして
「こ、こ、コンチニハ……じゃない、こんにちは。
だ、大丈夫、噛みついたりしないから。こんな顔していても、こ、心は、優しいんだよ。おいらは
ネ・ズ・ミ。ムームって名前さ。
お、おいら……あ、あのう……そのう、あんたと友達になりたいんだけど……い、嫌なら、遠慮な
く首を横に振ってくれりゃいいんだからね」
アンナ「嬉しいわ、とっても。わたしの名前は、アンナ」
ムーム「あ、あんた、声が、出るじゃないか！」
アンナ「ほんとう、何故かしら。あなたのおかげだわ。あなたが優しく声をかけて下さったから、きっとそ
うだわ。どうも、ありがとう」
ムーム「あんた、おいらが怖くないのかい。嫌じゃないのかい」

アンナ「いいえ、ちっとも。それより私の方こそ、こんなに醜い顔で」
ムーム「と、とんでもない。あんたは本当に可愛らしいよ。
あんたの笑顔や心の美しさには、どんな人形だってかないやしないさ」
アンナ「ありがとう。嬉しいわ。今日から，私、もうひとりぼっちじゃないのね」
ムーム「そ、そうとも。おれたちゃ、ト、トモダチだもんな」

N「それからというもの、ムームとアンナは、誰も見向きもしない棚の上で、毎日、楽しい時を過ごしました。ムームは、とても幸せでした。

アンナが、お嫁さんになってくれたら、どんなにいいだろう。今日こそ、思い切って言ってみよう。今日こそ……と思いながら、なかなか勇気のでないまま、日は過ぎていきました」


N「ある朝、ムームは、人形たちのひそひそ話を耳にしました。カナリアが重い病気にかかって、羽がどんどん抜け落ちているというのです」

ムーム「このところウキウキしてて、カナリアのことなんか気にしてなかったよ。

そういやぁ、声が嗄《か》れてきたとは思ってたけれど、病気だったのか。

ま、いいや。おいら、それどころじゃないんだ」

N「その夜、ムームは、そっと棚の上におりると大きく息を吸い込みました。

今日こそ『お嫁さんになってほしい』と言うつもりでした。

ムームは、そっとアンナに近寄りましたが、その時になって、はじめてアンナが、夢中で祈っているのに気づきました」

アンナ「どうぞ、どうぞ、神様。カナリアさんの病気が治りますように。もし、あの方が元気になるなら、私は命もいりません」

N「一心に祈りつづけるアンナに、ムームは言葉もなく、肩を落として、すごすごと天井裏に戻っていきました」

ムーム「そうか、あんなに意地悪されたのに、あの娘はカナリアが好きだったんだよ。自分の命とひきかえにするほどに」

N「カナリアの病気は日ましに悪くなっていきました。

あれほど憧れ、あれほどもてはやしたのに、今では、もう誰もカナリアなど見向きもしませんでした。

皆、イギリスから来た兵隊人形の、凜々しい笑顔と魅力的なテノールに夢中になっていたのです」

♪（イギリスの兵隊人形の歌）

N「カナリアは部屋の隅に寄せられた籠の中で、ぐったりと横たわっていましたが、何かの気配に、そっと目を開けると黒い影が近づいてきます」
カナリア「猫だ。どうしよう。猫が僕をねらっている。
誰か、誰か，助けてくれ。猫が、猫が……」
N「しかし兵隊人形とお喋りしている人形たちに、カナリアのかすれ声など聞こえるはずもありません。
その声を聞いたのは、棚の上からカナリアを見守っていたアンナだけでした」
アンナ「猫が鳥籠を狙っているわ。どうしよう。どうしたらいいの。どうしたら」
N「カナリアは、もう一度、ありったけの力をこめて、スペイン人形に助けを求めました」
カナリア「お願いだ。キミのその扇を猫にぶつけてくれないか」
スペイン人形「あら、何かおっしゃって？　私の扇を？　まぁ、嫌だわ。大切な扇がこわれてしまうわ」
N「カナリアは苦しい息の下から、バレリーナの人形に叫びました」
カナリア「君，君、そのトウシューズで、音を立ててくれないか。頼む」
バレリーナ人形「とんでもないわ、この靴は音を立てるためのものじゃないのよ」
N「どの人形も、うるさそうに顔をそむけると、兵隊人形の歌に聞き入ってしまいました。カナリアは、目をとじました」
カナリア「もうだめだ。もうおしまいだ」

Ｎ「黒猫は、音もなくしのびよると、いきなり籠のおおいをはねのけました。

その時、ムームは、棚のふちすれすれのところに立っているアンナを見て胆をつぶし、あわててアンナにしがみつき、後ろに引き戻しました」

ムーム「どうする気なんだい。まさか……」

アンナ「ネズミさん。お願いよ。あたしを突き落としてちょうだい。

あの猫の上に、お願いだから、早く……早く！」

ムーム「あんた、あんな奴のために、こんな高い所から飛び降りようって言うのかい。それも、アンタを、さんざんバカにしたアイツのために」

アンナ「あの方は、私が初めてここへ来た時、かばって下さったわ」

ムーム「かばったんじゃない。田舎者は、ほっとけって言っただけじゃないか」

アンナ「でも、いつもいい声で歌って下さったわ」

ムーム「だけど、あれは、あんたのために歌ったわけじゃない」

アンナ「わかっているわ。でもあの歌を聞くとき、私はとても幸せだったの。

私に、たくさんの幸せを下さったあの方のために、私は喜んで。

だから、お願い！　私一人では、とても猫のところまでは届かないから」

ムーム「そうか、あんたは、本当にアイツが好きだったんだね。

おいらは、あんたが好きだ。おヨメさんになってくれたら、どんなにいいだろうって。

でもしかたがないや。

おいらの好きなあんたが、あんたの大好きなアイツのために、してやりたいってこと。

それが、あんたの望みなら、手を貸してやるのが本当の友情ってもんだからな。

でも、ほんとうに、いいんだね」

アンナ「ありがとう、あなたは私にたくさんの幸せを下さったわ。短い間だったけれど本当に楽しかったわ。ありがとう！　優しいネズミさん」

ムーム「おいらも幸せだった。ありがとう。じゃあ、押すよ。

（泣きながら）さよなら……可愛いアンナ」

N「ムームは、泣きながら、アンナの背中を押しました。

胸は張り裂けそうでした。でも、アンナが猫の上に落ちるのをしっかり見届けてやらなければと、懸命に涙の目をこらしました。

籠を倒し、鋭い爪をたてて、カナリアに襲いかかろうとしていた黒猫は、ふいをくらってギャッと叫びました。

その悲鳴に、ハッとして振り向いた人形たちは、黒猫の背中に命中したアンナが、鈍い音をたてて、跳ね上げられるのを見ました。

黒猫は逃げ去り、大きく飛んだアンナが、床に落ちて、こっぱみじん……とみんなが息をのんだとき、思いがけないことが起こったのです。

息も絶え絶えになっていたカナリアが、最後の力を振り絞って、羽の抜け落ちた翼を広げ、アンナを受け止めたのです。

アンナを抱き締めたまま力つきて倒れたカナリアの目から、涙が一筋流れ落ち、かすかな声で『ありがとう』と言ったのを、ムームは確かに聞きました。カナリアの胸の中で、傷ついた粘土の人形アンナは、幸せそうに微笑んでいました。

ただ声もなく、その光景を見つめる人形たちの目から、初めて熱い涙が流れました」

N「その夜、ムームは、明り取りの窓から夜空を見上げていました。

ムームは見たのです。夜空にかかった鮮やかな虹の橋を渡って、カナリアと粘土の人形アンナが、空へ昇っていくのを」

N「夜空の虹に向かって涙をこらえながら、いつものように呑気に、いつものように、いいえ、いつもより、もっと明るく歌うムームの歌声が、夜空に、細く長く、尾をひいて流れていきました」

ムーム　♪　おいらはネズミ　ひとりぼっちのネズミ

　　　　　だけど寂しくなんかない

ムーム「あの子は、ホントの友情を、愛することの素晴らしさを教えてくれたんだ。

おいら、また、ひとりぼっちになっちゃったけど、あの娘の思い出は、いつまでも、おいらの心ン中にあるんだから……」

♪　天井裏の一人暮らしも　いいもんだ
ひとりは気まま　ひとりは気楽（鼻をすすって、あわてて涙をふく）
何もないけど　心の中は
いつも　いつでも　夢がいっぱい
おいらの夢は　色とりどりで……色とりどりで
夜空にだって……（涙）夜空にだって
虹を描けるよ……虹を描けるよ（涙をこらえて）
ルルラーラ　ルルラーラーラー

（終）

朗読ミュージカル

水たまりの王子

登場人物

N（語り手）
男
少女
少女の母親
女
辻音楽師

序曲

SE（パトロールカーのサイレンが近づき、遠ざかる）

N「一人の男が、路地裏の細道に飛び込み、建物の壁にはりついた。
男はスリだった。背中を壁につけて、注意深く辺りの様子を窺《うかが》いながら、そろそろと前に進んだが、ふいに立ち止まると弾けるように笑いだした」

男「アッハッハ……何だ、何だ、何てこった。日頃の癖ってヤツは恐ろしいもんよ。今日はポリ公と鬼ごっこしてたわけじゃなかったんだ。はばかりながら、後ろ暗いことなんか何一つしちゃいねえ。と言っても、ほんのここ十日ほどのことだけどさ」

N「男は、隠し持っていた小さな花束をとりだすと、無骨な指でリボンを直し嬉しそうに眺めた。彼の左の頬には大きな刀傷があって、その凄みのある面構《つらがま》えと愛らしい花束は、何とも不釣合いだった。ちょうど、細道に入ってきた辻音楽師が、男を見てニヤリと笑った」

男「な、なに笑ったんだよう」

辻音楽師「いや、可憐な花束と、あんたの取り合わせが、何とも面白かったからさ」

男「フン、そいじゃあ、もっと笑わせてやろうか。この花束、女に捧げるものなんだぜ。ちぇっ、何もそんなに笑うこたぁねえだろう。

デートはツラでするもんじゃねえ。ハートでするもんよ。

このツラがいいってね。そう言ってくれる女がいるんだよ。この刀傷の面がね。聞きたいかい？

どんな女か。歳は十一、ち違うよ。違うったら、四十一じゃねえよ。ただのジュウイチさ。

何せ、俺は、その子にとっちゃ〝王子さま〟なんだ。また笑う。

あんたヘラヘラよく笑うねえ。どっかネジが緩んでるんじゃねえのかい」

辻音楽師「ごめん、ごめん。もう笑わないから話してくれよ。何だか面白そうじゃないか。十一の女の子だの王子様だのって」

N「好奇心に満ちた辻音楽師の問いに、たちまち気をよくした男は、もったいぶりながらも、実は、誰かに言いたくてたまらなかった話をはじめた」

男　♪　それは十日前　日暮れどき
例によって　この指のヤツ

派手に仕事をやりやがった
皺にオシロイ埋め込んだ
三重あごの　婆さまの
はちきれそうなビーズの財布
♪　道楽息子とアホ娘
川っぷちでのラブシーン
燃える二人は　夢うつつ

男「てなわけで、お二人さんのポケットからいただきさ。そのへんでやめときゃいいものを、調子にのりすぎちまって、メタボの旦那に手ぇ出した。

それがデカでさ。あんな間抜けなオヤジが刑事だとはなあ。このごろは、サツもよっぽど人手が足りねえんだな。ハハハ……とにかく、しつこく追い回されて、やっとこ相手をまいて狭い路地に飛び込んだ。

ヤレヤレとほっと一息ついたとたん、いきなり誰かに声かけられた。

いやぁ、おったまげたの何のって、心臓がでんぐり返しさ」

N「男が飛び込んだのは、町工場とみすぼらしいアパルトマンにはさまれた人影もない袋小路。声に怯えた男がハッと見上げると、傾きかけたアパルトマンの二階の窓に、男を見下ろす女の子の顔があった。
はじめは白い花が咲いているのかと思ったほど、白い小さな顔だった」
少女「私の空をこわさないで」
男「えっ、何だって？」
少女「あたしの空よ。あなた、あたしの空の上にのっているの」
男「何だって？　俺が、あんたの空に……？　な何だい。こりゃ、ただの水ったまりじゃねえか」
少女「そう、でも、そこに空が遊びにくるの。お願いだから、足をどけて頂戴」
N「言われるままに、ドタ靴を水たまりからひきぬいた男は目をみはった。
空がくっきり映っていたからだ。それも、とびきり美しい夕焼けだった」
少女「それが、あたしの空なのよ」
♪　あたしの空は　小さいけれど
だれも知らない　秘密の世界
スズメが　空をのぞきにくるわ
木の葉のお舟も　空を飛ぶのよ
風が　お空に　ひだをつくるの
星も　こっそり遊びにくるわ
とても素敵でしょう　私だけの空

男「水ったまりの空かぁ、何て可愛いんだ。するってえと雨の日にゃ、雨が空におちるんだな」
少女「ウフフ……そしてネ、雨は、いくつも、いくつも輪を描くのよ」
男「アハハ……そいつア、面白えや。それにしても、どうして外に出ねえんだい。おもてにゃ、もっともっとデッカイ空があるってのに」
少女「だって、あたし歩けないんですもの」
N「男は、思わずこぶしで自分の頭を叩いた。少女を傷つけたのではないかと、おそるおそる窓を見上げたが、少女の笑顔は変わらなかった。
そして、自分が母親と二人で暮らしていること、夜遅くまで働きにでている母親を探そうとして階段から落ちて大怪我をしたこと、それが六歳の時で、それっきり歩けなくなってしまったことなどを、まるでお伽話《とぎばなし》でもするように、男に話してきかせたのだった」
少女「でも寂しくなんかないのよ。水たまりの空があるから」
N「男は思った。この子にとっては、窓ぎわの腰掛から見えるものだけが、つまり、目の前の工場の塀にしがみついた蔦の葉と、水たまりに映る空だけが、それだけが、この子の小さな世界なのだと」
男「でも、何故だ。この子は、ちっとも不幸せにゃ見えねえ。なぜなんだ。
この子の花びらみてえな唇からは、夢みてえな言葉が、後からあとから飛び出してくる。いじらしいじゃねえか」
N「男が、少女の顔を、もっとよく見ようと、思い切り仰向いたとき、彼の顔半分を隠していたハンチングが落ちた。そのとたん少女が叫んだ」
少女「あなた、もしかしたら」
男「な、なんだい。もしかしたらって……まさか俺のビジネスを……」
少女「あなた、もしかして幸福の王子？」
男「チェッ、冗談じゃねえよ。お前はスリだろうって、ズバリ言われた方がよっぽどショックは少ねえや。（とぼけて）えッ、俺が、何だって？」
少女「幸福の王子様よ」
男「王子だって？　幸福の？」
少女「そう、あたしの大切な本の絵にそっくりなの」
男「なあんだ、絵か。どこのヘッポコ絵描きか知らねえが、いい加減なツラ描きやがったもんだぜ」
少女「あたし、いつも神様にお願いしてたの。幸福の王子様に会わせてくださいって」
男「会いてえのかい」
少女「そう、だって幸福の王子様は、みんなを幸せにするのよ」
男「幸せになりてえんだね」
少女「母さんを、幸せにしてほしいの。それから お話の続きが知りたいから」

男「話の続きって？」

N「少女の話によると、その本は、母親が公園の屑籠《くずかご》から拾ってきたものなので、半分ちぎれていて、物語の続きがわからないのだという。少女は、まじまじと男を見つめて言った。やっぱり王子様にそっくりだと。

そして、本物の王子様なら話の続きを教えてもらえるのにと、小さな吐息をもらした。青く澄んだ目でじっと見つめられた男は、あまりの眩しさに思わず目をふせた」

男「何てぇ綺麗な目だ。いつか盗んだ青い石。何てったたっけなぁ。そうそう、サ、サ、サファイヤだ。イヤ宝石なんかより、もっとキラキラ光ってる。そうだ星だ、青い星だよ」

N「男は思った。星のような目のこの子は、どんなにか寂しかったんだろう。ひと恋しくてしかたなかったに違いねえ。水たまりの空しかないこの袋小路に降ってわいた人間が、よほど嬉しかったんだろう。

そう思ったとたん、男は後先の考えもなく口走っていた」

男「話の続きなんてお安い御用さ。今度来たとき話してやる。約束するぜ」

N「喜びのあまり少女の白い頬が、明かりでも灯ったように、ほんのり紅くそまった。

その笑顔を見たとき、男は、全身の血がザワザワ音をたてて身体中を駆け巡るのを感じた。今までこれほどの喜びを味わったことがあっただろうか。

その日から、彼は少女の『幸福の王子サマ』になったのである。

男の話に耳を傾けていた辻音楽師は、幸福の王子という言葉にフッと笑いをもらした」

男「チェッ、また笑う。いいじゃねえか。あの子が、そう呼ぶんだからさぁ。

ところでアンタ『幸福の王子』の話、知ってんのかい。知らねえ？　じゃ、話してやらぁ。何でもオス、オス、オッス！　じゃねぇ、オス、カー、ワイルドってぇ先生の作った話だってさ。

（勿体ぶった調子で）そもそもだな。幸福の王子ってのは、ある街の広場にある塔のてっぺんに立ってる金色の像なんだ。身体は金箔、目玉はサファイヤ、刀の飾りはルビーときたもんだ。どうだい。贅沢なもんじゃねえか。

その王子様、高い所に突っ立ってるもんで、街の暮らしが何でも見えるってわけさ。それで不幸せなひと見つけちゃ、友だちのツバメに頼んで、目玉のサファイヤや、刀飾りのルビーを恵んでやっちまう。

あの子が知ってるのは、ここんとこまでで、そっから先は本がちぎれているんだ。あの子は、目の見えなくなった王子様のことが、心配でなんねえってんだ。『よーし、明日のお楽しみだ』なんて簡単に請け負っちまったものの、途方にくれたね。王子様の出てくる話なんか知ってるヤツぁ俺の周りにいるわけがねえ。

この界隈じゃインテリだって噂の似顔絵描きにもあたってみたがね。

あのスペイン野郎『子どもの話なら任せとけ』なんて大口叩いたくせに、いい加減なヤツでさ。

『それはアンダルシアの話です』なんて気取りやがったわりにゃあ、マッチ売ってた娘の話だの、人魚のホラ話でごまかしやがって、大方、昔の女の話だろうよ。エッ、アンダルシアじゃなくて、アンデルセンだ？　知らねえな。ヘントウセンなら知ってるが……。
まあそんなこたぁどうでもいいさ。ともかく俺は話を知ってるヤツを探しまわったね。本屋へ行けばいいって？　恥かかすなって。字が読めるくれえなら（人差し指をまげて）全国手工業者の代表で立候補してらぁ。だがね、見つけたんだよ、とうとう」
N「仕事も手につかず、夢中で探し回り、疲れ果てて立ち寄った酒場。なんと薄汚いその店にいた女が『あたい、知ってるよ』と、こともなげに言ったのである」
男「ヘッ、いい加減なこというなって。そんな落書きみてえな化粧した酔っぱらいが知ってるような、下品な話とはちがうんだ」
女「フン、あたいにだって、あたいにだってあったんだよぅ。幸せな日が。父さんのひざの上で本読んでもらった日がね。真っ赤に燃えた暖炉、母さんがいれてくれたあったかいココア……」
♪　あたいにだって　あったのさ
幸せのレースに縁取られた日々が
だけど　幸せなんて奴は
いちど背中を見せたら最後
二度と振り向きゃしないのさ

『それにしても、何て懐かしい言葉だろうねえ。

シ・ア・ワ・セか。とっくの昔に忘れていたよ』

♪　ボロボロにちぎれた　思い出のかけら
引っかき集めて　四つの文字を
並べてみたって　すぐにまた
苦い涙と　哀しい酒に
にじんで消えてしまうだけ

N「酔いどれ女は、本当に知っていた。遠い昔を夢見るようなまなざしで、話の続きを語った。

王子は、サファイヤの目も刀飾りのルビーも、身体の金箔もはがして貧しい人々に与えてしまい、それを運び続けたツバメは、南の国に帰れず凍《こご》え死んでしまった。何もかも無くした王子の像は、ツバメの死骸と共に炉の中に捨てられたというのだ」

男「許せねえ。断じて許せねえぞ。いやお前のことじゃない。俺が腹を立ててるのは『幸福の王子』の話にだ。何ちゅうつまんねえ話なんだ。

人を幸せにするったって、自分が不幸せになっちゃ、何にもなんねえ。

王子とツバメは、ありったけイイことをしたってのに、何一つ報われねえなんて何事だ！」

女「そんなに怒らないでよ。あたい忘れてたよ。その先があるんだ。

ツバメの死骸と王子様の鉛の心臓は、最後には、天使に運ばれて、天国に召されました。メデタシ、メデタシってわけよ」

男「何だと、ちっとも目出度くなんかねえ。そんな気の毒なハナシ、あの子にしてやれるかってんだ」

N「約束通り、男は、翌日少女のもとに行き、身振り手振りで熱弁をふるったが、話の結末は、すっかり変わっていた」

男「いいかい。神様は、親切な王子様の目に、また新品のサファイヤをはめてくれたし、ハゲチョロケの金箔もルビーも、新しいヤツと取っ替えてくれました。つまりだな。そう……そうだ。トカゲの尻尾みてえに、無くなっても、無くなっても、新しいのがでてくる。だから、王子様もツバメも大忙しさ。せっせ、せっせと皆に恵んでやったから、街中の人は、みーんな幸せになりましたとさ。メデタシ、メデタシ！」

N「いい加減な話だったが、少女は嬉しそうに手を叩いて喜び、男を有頂天にさせた」

男「いいじゃねェか。カタイこと言うなって、あの子が喜ぶんだからさ。

それからってもの、俺は、あの子に幸せを運ぶ王子様ってわけなんだ。

毎日、花持って、あの窓の下へ行く。あの子が俺を待ちわびている。俺の顔を見ると、青い目がキラキラ！　白い顔がパッと輝くんだぜ。ヘッ、たまんねえや。

俺は、あの子の知らねえ世間の面白い話を、イッパイしてやるんだ。あの子はコロコロ笑う。

『そして、そして？』って催促する。
ああ、あの子に会えると思っただけで、嬉しくって胸が弾むんだ。
不思議だね。俺にゃさっぱりわかんねえ、何故、なぜなんだ……」
♪　なぜ　なぜ　なぜだろう
　こんな気分は　はじめてのことさ
　白い花の微笑みが　小さな星の輝きが
　俺の心の隅っこに　あかりを灯してくれたのか
　あの子に会ったその日から　ヤクザの俺も王子様
　水ったまりの空に　暗い寂しいあの窓に
　明るい光を運ぶ　俺は　俺は　幸せの王子様

男「いっけねえ、長話してたら花がしおれてきた。

エッ、この花？　冗談じゃねえ。これはカッパラッてきたものじゃねえ。

あの子に捧げる花が、そんな汚らしいもんでいいわけがねえだろうが。

ここんとこ、ずっと、まっとうに生きているんだ。地下鉄工事の人夫になって手にいれた金で、
チャーンとお買い求めになったお花束だよ。

何たって王子様だもんな。そいじゃ行くとするか。あばよ！」

♪ おれは　おれは　幸福の王子さま〜〜っとくらあ

N「花をかかげ、踊るような足取りで去っていく男。その後ろ姿を見送る辻音楽師は、もう笑ってはいなかった。頬に刀傷をもつ男の純な気持ちに、深く胸打たれたからだった。辻音楽師は古びたヴァイオリンを取り上げ、心をこめて『愛のセレナーデ』を弾きはじめた。誰ひとり聴くものもいない路地裏にヴァイオリンの音色だけが静かに流れていった」

N「それから数カ月たったある日、車椅子を押した男が、飛んだり跳ねたり歌ったり、上機嫌であの袋小路に向かっていた」

男「へーい！　ザマミロってんだ。車椅子をかっぱらってやった！
エッ？　あの子にやるのに、盗んだものは使わない主義じゃなかったかって？　そ、そりゃあ、俺だって、その主義を貫きてえって思ったよ。だけど目の前に置いてあったんだよ。どうぞ！　って言わんばかりにさ。
さあ、これにあの子を乗せて野っぱらに行くんだ。見せてやるんだ。どこまでも広がるデッカイ空、ふんわり浮かんだ白い雲を……」

♪ あの子を連れて
　野っぱらに行こう
　息がきれるほど走ってみよう

青い空の下　緑の草の中
風は　あの子の耳もとで
そっとささやくだろう　幸せの歌
風は　あの子の愛らしさに
優しく微笑みかけるだろう
空の色より青い　あの子の瞳の中に
白い雲が流れていく
幸せ乗せて流れていく
ランランラランラ　あの子つれて
ランランラランラ　野っぱらに行こう

ＳＥ（警官の呼子）
男「アッ、いけねえ！」

ＳＥ（木枯らし）
Ｎ「あれから二カ月。男はつい先程、刑務所を後にしたばかりだった」
男「あの子に何て話せばいいんだ。二カ月も知らん顔じゃなぁ」
Ｎ「男は、まっすぐ袋小路に向かい、窓の下に立った。長い間、じっと立ち尽くしていたが、窓辺に少女の姿はなかった。

男は、アパルトマンの表にまわって、恐る恐る階段を昇って行った。

当たりをつけたドアを、何度もためらった末そっと叩いてみた。すると、ドアが開いて、黒いショールの女が顔をのぞかせた。男は息をのんだ。わずか二カ月の間に、あの少女が、こんなにも歳をとってしまったのかと。それほど似ていたのである。品のいい白い顔だった。母親に違いねえ。慌てて逃げようとした男を、その人が呼びとめた」

母親「ちょっと、お待ちくださいませ」

N「母親らしいその人は一度奥に入り、急いで出てくると、一冊の本を男に差し出した。あの少女そっくりの青い目に、たちまち涙があふれた」

母親「あの子が、一番大切にしていた本です。あの子は、息を引き取る前に言いました。わたしの王子様に、渡してほしいと」

男「息を引き取る前だって?」

母親「あれだけ命が永らえたことさえ、神様に感謝しています。あの子の残り少ない日々を、あなたが慰めて下さった。あなたは、あの子に『幸せな時』を運んで下さったのです。あなたは、あの子の幸福の王子様でした。

あなたのことを話すとき、あの子は、どんなに幸せそうだったことか。

本当に、本当に……ありがとうございました」

N「男は、渡された本をしっかりと抱きしめ、階段をかけ下りると、大声で意味もないことをわめきながら、日暮れの街を駆けずりまわった。

男は街灯の下のベンチに、崩れるように腰を下ろすと声をあげて泣いた」

男「馬鹿、馬鹿！　何て馬鹿なんだ俺は。ツマンネエこと思いついて……。

あの子は一度だって、どこかへ連れてってくれなんて言わなかった。ただ、俺が毎日訪ねていって、話をしてやれば良かったんだ。それ以上のことは、何ひとつ望んじゃいなかった。それなのに、俺は……あの子の楽しみをふいにしちまったんだ。あの子は、一人で何を考えていたろう。どんなにか待っていただろうに……俺ときたら……」

N「あふれる涙をこぶしでぬぐった時、男は、はじめて腕の中の本を見た。

表紙には、王子とツバメの影絵があった。そうか、これが『幸福の王子』の本だったのか。ひきむしるように頁を繰った男は、アッと叫んだ。

最後の頁、そこには、王子の顔と肩にとまったツバメの絵が描いてあったが、その頁は斜めに破けていた。丁寧に貼り合わせてあったが、それはちょうど、王子の左頬のところだったのである」

男「こいつが似てたんだ、この俺に。ホッペタが破れてたおかげで、この俺が幸福の王子様になれたってわけか。ハハハ……ホッペタの破けたツラはそっくりだけど、俺は……幸福の王子なんかじゃない。あの子が……あの子が、俺に幸せをくれたんだ。幸福の王子は、あの子だったんだよ。

あの子は、空へ行っちまった。水ったまりじゃない本当の空へ……。

空にゃ、天国ってとこがあるんだろう？　俺は、とても天国なんぞに顔だしできる人間じゃねえ。
だけど、水ったまりの空なら、のぞくことぐれえ出来るんだ。
オーイ！　俺の幸福の王子様よォ。頼むから遊びにきてくれよう。
お前のちっぽけな空へ……水ったまりの空へ！
あの子はいつでも、歌ってたっけ」（泣きながら歌う）
♪　あたしの空は……小さい……けれど
　だれも知らない……秘密の世界
　スズメが　空をのぞきにくるわ
　木の葉のお舟も……空を飛ぶのよ
　風が　お空に……ひだをつくるの
　星も　こっそり遊びにくるわ
　とても素敵でしょう……私だけの空

N「男の悲痛な叫びは、木枯らしに吸い込まれ、ちりぢりになって夜空に消えていった」

（終）

メルヘンファンタジー

善造どんと狸汁

登場人物　N（語り手・爺ちゃん）
女の子
猟師・善造どん
母狸
子狸

ＳＥ（風の音）

序曲

♪（暗闇の中で、アカペラによるわらべ歌）

♪　こな雪　しんしん
静かな夜ふけ
はよ　お寝よ
はよ　お寝よ

女の子の声「じいちゃん、話してけろ、むかし、むかしのはなし、してけろ」

N「そうさなぁ。今夜は、何の話、聞かせてやるかのう」
女の子の声「あたい、もっかい聞きてえ、狸の話。なあ、聞かせてけろ」
N「そうか。狸の話がええか。よぉし、ちいと、いろりの火ぃくべてから始めっか。
さ、これでよかろ。もちっと火のそばさこい。
ほんじゃあ、狸の話、初めっとすっか」
SE（風の音と共に語り手〈男〉にスポットライト）
♪
N「それぁ、爺ちゃんの父ちゃんが、父ちゃんの爺ちゃんから聞いた、ほんとの話だ。
父ちゃんの爺ちゃんの友だちの猟師、善造どんの話でのう。
村一番の鉄砲撃ち、善造どんの若ぇころのこんだ。
ある日、善造どんは、前の日にしかけておいた罠を見にいった。
案の定、罠には、狸がかかっておった」
善造「おお、でっかい狸じゃねえか。うめえこと後ろ足が罠にかかっちょる。
無傷の毛皮なら高く売れるわ。久々の大猟だ。これで今夜は一杯飲めるってわけだ」
N「ほくほくしながら、罠に近寄っていった善造どんは、目をこらした。
罠にかかった狸のそばに、小さな子狸がしがみついとったんじゃ」
善造「子狸だ。こりゃ、ええど。親子なら、もっと高値がつくわ」

N「足音しのばせて近寄っていくと、耳ざとい親の狸がハッと身を起こした。いけねえ、慌てて熊笹の陰にかくれたが、狸は、黒いまん丸な目ェでしっかりと善造どんを見据え、足を罠にとられた不自由なかっこうで、両手をあわせた。そして善造どんは、確かに聞いたんじゃ」

母狸「この子だけは見逃して……お願いだから、お願いだから」

N「善造どんは耳を疑った。気のせいだ、気のせいだと自分に言い聞かせ、早く子狸をしとめてしまおうと、慌てて鉄砲をかまえた。狸は狐と違うて、食べ物を両手で口に運ぶ。それが拝んでいるように見えて、猟師も情に負けて撃ち損なうことがあるんじゃが……こん時ばかりは気のせいではなかった。母狸が必死で善造どんに頼むんじゃ」

母狸　♪　お願いだから
　　どうか　この子を
　　見逃して　見逃して
　　お頼みします
　　どうか　どうか

N「子狸が逃げねえうちに、早えとこ一発でしとめてしまえと、気は焦るんじゃが、善造どんは、どうしても引き金をひけなかった。子狸は、母親にとりすがって悲しい声をたてたが、母狸に追い立てられ、何度も何度も振り返りながら雪の林の中に消えていった」

N「善造どんは、仕方なく母狸だけを庄屋の家に売りにいったが、毛並みのよい雌狸には、たいそうな値がついた。上機嫌の善造どんは、どぶろくを買って、雪道を、踊るような足取りで家に帰った。さあて、いっぱいやるか。と思った時、戸を叩く音がする。
こんな夜更けに誰だろうと、首をかしげながら、戸をあけると、冷たい風と粉雪が、ひゅうと舞い込んできた」

♪

善造「うう、さぶい！　何だ、誰もおらんじゃないか。風のしわざか」
子狸「こんばんは、こんばんは」
善造「ありゃ、お、お前……お前は子狸……」
子狸「母ちゃんを返してけろ。あたいの母ちゃんを」
善造「何だと」
子狸「返してけろ、返してけろ……あたいの……母ちゃんを」
善造「そったらこと言われても、もう、ここにはおらんど。取り戻そうにも、金をたっぷり貰っちまったしなあ」
子狸「母ちゃんを……」（泣きじゃくる）

善造「やめろ、そったら哀しい声だすんは。まぁ、中さ、入《へ》ぇれ」
N「善造どんは、内心しめしめと思った。取り逃がした子狸が、自分からやってきて、まんまと生け獲りになったわけだからのう」
善造「この子狸で狸汁作ったら、さぞうまかろう。酒の肴にゃ天下一品だ。
　ま、こっちさ入ぇれ」
♪　なんちゅう　運のええ日じゃろ
　鴨がネギしょって　やってきおった
　恵比寿、大黒、福の神
　お手てつないで　やってきた
子狸「母ちゃんを返してけろ」
善造「いいとも、だが、おいら、お前のおっかさんを迎えに行く前に、腹ごしらえせにゃならん。なんせ、おっかさんを預けた所ぁ、山向こうだからな。ちいと待っててくんろ」
子狸「待つよ。待ってるから早うしてけろ」
♪　ささやまの　ささやまうらの洞穴で
　病気の父ちゃん　寝たきりで

母ちゃん　帰るの　待ってるよ
だから　お願い　母ちゃんを
返してけろ　返してけろ
「母ちゃんがいないと困るんだよ、父ちゃんが」

善造「なにッ？　父ちゃんが、病気だと。篠山《ささやま》うらの洞穴だと」

N「善造どんは、これで父親狸も捕らまえようと、内心思った。何ちゅう大猟の日だ、とほくそえんだが、何くわぬ顔で」
善造「なあ、お前。急いで支度すっから、手伝ってくんねかの」
子狸「いいよ、いいよ。なんでも手伝うよ。だから急いでけろ」
善造「ほうか、ええ子だ。外の雪むろに埋めてある野菜、掘りおこしてくれ。ほんで、おらが、野菜きざんどる間に、お前、水さ汲んできてくれ」
N「逃げる心配のねえ子狸に、善造どんは、次から次へと用事を言いつけ、鍋の支度さととのえた。野菜はぐつぐつ煮えはじめた」
善造「へっ、うまそうだなあ。後は、狸の肉が入《へ》ぇれば出来上がりじゃ。

子狸の狸汁、さぞ、うまかろうなあ。うー涎《よだれ》がでちまった。
ぽんぽこ狸の狸汁っとくらあ」
N「気配を感じてふと振り向いた善造どん、ドッキリ、ギックリ、心臓はでんぐり返しだ。水汲みにいった筈の子狸が後ろに立って、善造どんの独り言を聞いておったんじゃからな」
善造「お、お前、水、水汲んでこいと……」
子狸「あたい、桶とザルを間違えた。桶はどこ？」
善造「（素っ頓狂な声で）オケ？　ケッケッケッケ（咳き込む）」
子狸「大丈夫？」
善造「で、でぇじょうぶだ。お、お前が、そんなとこにつっ立ってるから」
子狸「ねえ、あたいが、その鍋に入れれば、母ちゃんを返してくれるの？」

N「善造どんは目ぇ白黒、口もきけなんだ。子狸は、おっかさんそっくりのまーん丸な黒い目玉で善造どんを、じぃーっと見つめて言った」
子狸「あたいが、その鍋に入れれば、母ちゃんを父ちゃんに返してくれるんかい。狸汁になれば、ほんとに返してくれるんかい。約束してけろ」
善造「い、いや、その、おらぁ、狸汁なんて言わねぇ。た、た、じゃねえ、まねき、そ、そうよ、招き汁って言ったんだ。客が来た時　特別に作るのが招き汁っちゅうてな、今夜は、お、お前が小さな客人だ」
子狸「いいんだよ、いいんだよ。父ちゃんのところへ母ちゃんが帰れれば、あたいを食べてもいいんだよ。父ちゃんは寝たきりだから、母ちゃんがいないと困るんだ。お願いだから、母ちゃんを返してけろ」
♪ ささやまの　ささやまうらの洞穴で
病気の父ちゃん　寝たきりで
母ちゃん　帰るの　待ってるよ（泣きながら）
だから　お願い（泣く）母ちゃんを……かあちゃんを……
善造「もうええッ！」
N「大粒の涙が、ポロリポロリと子狸のほっぺたさ伝うのを見たとき、善造どんの胸に、熱い大きな固まりがこみあげてきた」
善造「（泣きながら）もう、ええ！　なんも言うな。さあ、母ちゃんさ迎えにいごう」
子狸「でも、お腹がすいてては、山さ越えらんないって」
善造「いいだ。腹なんぞ、へってねえ。お前を、ちょいとからかっただけよ。ほんとは、腹ぁいっぺいなんだ。はあ、もうはちきれそうよ。ぽんぽこだぬ……（泣く）ぽんぽこ狸みてえにな」
♪

N「善造どんの目からも、ざんざと涙がふきだした。ごっつい手でむしるみてえに涙を拭いた善造どんは、みの笠つけると、子狸をかかえて、雪の道さ、こけつまろびつ庄屋の家に向かった」

♪（雪道を急ぐ善造どん）

N「庄屋に、さんざ厭み言われて、せっかくの儲けをぜーんぶ、そう、どぶろく買った分も、しっかり取られた善造どんだったが、あわやのところで、無事、狸のおっかさんを取り戻すことができた。善造どんは、ふり返り、ふり返り、何度も手ぇ合わせるおっかさんと、嬉しそうな子狸が篠山に消えていくのを、何とも言えねえいい気持ちで見送ったそうな」

N「腹はぺこぺこ、懐《ふところ》ば、すっからかん、だが善造どんは幸せじゃった。あんげに幸せだったこたぁ、後にも先にもねえって言っとったそうな。また降りだした雪の中、家に帰る善造どんの耳に、狸のおっかさんの歌う、子守歌が、風にのって聞こえてきたと」

母狸　♪　こな雪しんしん
しずかな夜更け
はよ　お寝よ
はよ　お寝よ

お月さんも寝なさった
お星さんもおねんねじゃ
ええ子は　はよう
はよ　お寝よ
ええ夢　たんと　見られるように

N「はい、これで、話はおしめぇだ。おや、また、ふぶいてきたようだな」
SE（吹雪の音と共に）

（終）

朗読ミュージカル

杜子春

芥川龍之介「杜子春」より

登場人物

N（語り手）
杜子春
老人
清麗
閻魔大王
母

序曲

♪　時は春　唐の都　洛陽の
　赤い夕日の光のなか
　行き交う人の華やかさ
　見上げる空には　霞たなびき
　おぼろに浮かぶ　白い三日月

N「唐の都・洛陽。あたりが夕日にそまり、間もなく日が暮れようとしているのに、行き交う人々の流れはとぎれる事もなく、華やぎに満ちていました。

ところが城壁の西の門の下で、ぼんやりと空を仰ぐ若者が一人、名前は杜子春。
杜子春は、裕福な家に育ちましたが、今は両親もなく、財産も使い果たし、その日の暮らしにも事欠く有り様でした。
門の壁にもたれ、途方にくれていた杜子春は、いつのまにか目の前に一人の老人が立っているのに気づきました」

老人「お前は、何を考えておる」

杜子春「私は……生きる望みもなく……いっそ死んでしまいたいと……」

老人「そうか、それは気の毒だのう。
ではいいことを教えてやろう。この夕日の中に立って、地面に映ったお前の影の頭の位置を、夜中にこっそり掘ってみるがいい。背負いきれぬほどの黄金が埋まっているはずじゃ」

N「驚いて杜子春が顔をあげると、老人の姿は影も形もなく、いっそう白さを増した三日月の下を、蝙《こう》蝠《もり》が二、三羽ひらひらと舞っているばかりでした」

♪（少しの間があり、うって変わった、明るく華やかな雰囲気）

N「一夜明けると杜子春は、巨万の富を手にいれ、洛陽一の大金持ちになっていました。あの老人の言葉通りに地面を掘ると、目もくらむほどの黄金が出てきたのです。
宮殿と見紛《みまが》うばかりの屋敷は、どこもかしこも金銀、象牙、玉などで飾られ、広大な庭園には花々が咲き乱れ、白い孔雀《くじゃく》が何羽も放し飼いにされています。言葉には尽くせぬほどの豪華な暮らしぶりが、人々の口の端にのぼるようになると、落ちぶれていた時には見向きもしなかった友人たちが、つぎつぎに訪ねてくるようになり、ついには、都中のあらゆる名士や美女たちまで我がちに訪れ、その数は日毎に増していきました。

杜子春は、金に糸目をつけず山海の珍味をとりよせて、客たちをもてなしました」

♪（宴のさんざめき）

N「ある夜、杜子春は、葡萄酒にしたたか酔って、ひとり庭の築山から賑々《にぎにぎ》しい宴の様子を眺めていました。屋敷を埋めつくし飲めや歌えの大騒ぎをする客たち……こんなに大勢の人々を自分は幸せにしている、誰もが自分を慕ってここに集ってくる。杜子春は満足でした」

♪　金の杯《さかずき》　異国の酒
　美女の奏でる妙なる琴の音
　心浮き立つ笛の調べ
　美酒に酔いしれ　歌にうかれて
　夢見心地の花の宴
　いつ果てるともなく

Ｎ「杜子春は、杯を高くかかげようとして足をすべらせ、築山の下の花壇に転げ落ちて、そのまま気を
失ってしまいました。
客たちは、姿を消した主人のことなど、誰一人気にとめることもなく、心ゆくまで楽しむと、それ
ぞれ引きあげていきました」

Ｎ「杜子春が我に返ると、目の前に見知らぬ娘の顔がありました」
娘「お気がつかれましたか」
Ｎ「月明かりにうかぶ娘の、宴を彩る女たちとはまったく違う、野に咲く花のような姿に杜子春は目を
みはりました。娘はおずおずとお椀をさしだしました」
娘「どうぞ、お水を。差し出がましいことをして、お許し下さい」
杜子春「お前の名は？」
娘「清麗と申します」
杜子春「清麗か……で、どうしてここへ」
清麗「私の父は、このお屋敷の花の手入れをさせて頂いている、庭師の一人でございます。三日前から、
怪我をした父のかわりに、私が夜のお掃除の手伝いをさせて頂いています」
杜子春「そうか、明日からは、清麗を客として招くことにしよう」
清麗「いいえ、滅相もないことでございます。私など」

杜子春「いや、遠慮はいらない。誰もが豊かで幸せな時をすごせる宴だ」
清麗「あなた様もお幸せですか」
杜子春「勿論だ。この上もない幸せを味わっている。多くの友に囲まれ、人々にかしずかれ、贅沢三昧のこの暮らし」
清麗「お気の毒な杜子春さま」
杜子春「気の毒？」
清麗「お気の毒です、杜子春さま」
♪　あなたの瞳は　こんなにも
澄んでいるのに　なぜ
なぜ　見えないのでしょう
まことの幸せが
♪　あまたの人にかしずかれ
華やかな日々　豊かな暮らし
でも……でも
それが　まことの幸せでしょうか
N「杜子春は、何か言おうとしましたが、自分を見つめる清麗の、あまりに一途《いちず》な哀しいまなざしに、言葉を失っていました」
清麗「失礼をお許しください。どうぞ」
N「深々と頭を下げ、逃げるように去っていく娘の後ろ姿に、声をかけることもできず、ただ立ち尽くしていた杜子春。
翌日から、清麗の姿を探し続けましたが、もう二度とその姿を見ることはありませんでした」
♪
N「杜子春の贅沢な暮らしも、三年を過ぎる頃には、かげりがみえはじめました。すると潮がひくように人々は去って行き、ついに杜子春が無一文になると、声をかける人さえいなくなり……いまや彼に救いの手をさしのべる者は誰一人なく、杜子春は、三年前のあの時のように、洛陽の西の門の下に立っていました」
杜子春♪　あーあー
人の世の虚しさと悲しみが
心の底を吹き抜ける
あーあー
思いのままの豊かな日々も
全てまぼろし　露と消え去り
生きる望みも　すべもなく

ああ　ああ　あー

N「杜子春は、清麗という娘の言った言葉を、今更のように噛みしめていました。彼が、大きな吐息をもらした時」

老人「お前は、何を考えておるのだ」

杜子春「あぁ、あなたは、あの時の……お恥ずかしいことです。私は、また、何もかも失ってしまいました。何もかも」

老人「それは気の毒なことじゃ。では、わしがいいことを教えてやろう。夕日の中に立って、お前の影の……」

杜子春「いえ、もうお金はいらないのです」

老人「ほう、それはまた何故じゃ」

杜子春「私が大金持ちになれば、砂糖にたかる蟻のように群がってきた人々も、いったん貧しくなれば、顔をそむけて去っていきます。金で人の真心は買えない、金で、まことの幸せは得られないと、今頃知った私は、愚か者です」

老人「そうか。で、これからは貧しくとも安らかな暮らしを、と思っているのか」

杜子春「いえ、あ、あのう……お願いがあります。私を貴方の弟子にして頂きたい……。どうぞ隠さないで下さい。あなたは徳の高い仙人です。仙人でなければ、一夜にして私を洛陽一の大金持ちにすることなど出来る筈がありません。
どうか、どうか私を貴方の弟子にして下さい」
老人「いかにもわしは、峨眉山《がびさん》という山に棲む仙人だ。はじめお前を見た時、どこか見所のある若者だと思ったから、声をかけたのだが、それほど仙人になりたくば弟子にしてやってもいい。だが仙人への道は遠く厳しい。辛抱できるかどうかはお前次第だが。何はともあれ峨眉山に来るがいい」
N「仙人は、傍らに落ちていた青竹を拾うと杜子春をいざない、馬に乗るようにまたがりました。仙人が呪文を唱えると、二人を乗せた青竹は大空に舞い上がり、竜のような勢いで、春の夕空を峨眉山めがけて飛びたちました」

♪　雲を越え　風をきって空を行く
はやての如く　矢の如く
都は　もはや　夕明かりの底
剣の峯をかいくぐり
はてしなき　群青の空を突き進む

N「二人が舞いおりたのは、峨眉山の大きな一枚岩の上でした。桃の実ほどの北斗星が中空に輝くだけで、人跡未踏の山は、しーんと静まり返っています」

老人「杜子春、わしが、用事をすませるまで、お前は、ここで待つがいい。わしが居なくなれば、おそらく、魔性どもが現れ、お前をたぶらかそうとするだろうが、たとえどんな事がおころうとも、決して声をだしてはならぬ。もし一言でも口をきいたら、お前は仙人にはなれない。いいか。たとえ天地が裂けても黙っているのだぞ」

N「杜子春は、たった一人、岩の上に取り残されました。後ろは絶壁、前は底も見えない深い谷。何一つ音の無い静けさは、背筋が凍りつくほどの恐ろしさでした」

N「突然、不気味な声がしました」

声「そこにいるのは誰だ！　返事をしないと、命はないぞ！」

N「杜子春が、黙っていると、獰猛《どうもう》な一匹の虎が、忽然と岩の上に躍り上がり、牙をむいて迫ってきました。同時に後ろの絶壁からは、ひとかかえもありそうな大蛇が、炎のような舌をちらつかせ、見る見る近寄って来ます。杜子春は、眼を閉じ、歯をくいしばって、自分を励まし続けました」

杜子春　♪　杜子春
　　声を立てるな　杜子春
　仙人になる日を夢見て　耐えろ　杜子春

N「耳元に虎の唸り声、足元に大蛇の気配を感じた時、凄まじい雷鳴と共に滝のような雨がどうどうと降りだしました。激しい雨と風に、杜子春は、何度も宙に舞い、岩に叩きつけられました。黒雲が天空をおおい、耳をつんざく雷鳴が轟くたびに、紫の稲妻が闇を切り裂き、真っ赤な一本の火柱が、杜子春めがけて落ちてきました。

思わず声がもれそうになるのを必死で堪《こら》えた時、ふいに、あたりが静まり、助かったと思う間もなく、背後に殺気を感じて振り向くと、雲つくばかりの大男、猛々しい武将が、槍をかまえて迫ってくるのです。

恐怖のあまり身動きも出来ぬ杜子春。武将の槍は、情け容赦もなく一気にその胸をつらぬきました」

♪

N「気がつくと杜子春は、鬼たちに囲まれて階《きざはし》の下に倒れていました。階の上には、真っ黒な装束に金の冠をかぶった髭の大男が、厳めしくあたりを睨んでいました」

閻魔大王「こら、その方は、なにゆえ峨眉山にいたのだ。答えろ！」

N「雷のように響きわたる声に、危うく答えそうになった杜子春でしたが、うずくまったまま、固く口を閉じていました」

♪

杜子春　♪　声を立てるな　杜子春
　　　　　仙人になる日を夢見て　耐えろ　杜子春

閻魔大王「その方は、ここを何処だと思っているのだ。ここは地獄。俺は閻魔大王だ。速やかに返答しなければ、地獄の責め苦にあわせてくれるぞ。それ鬼共！」

N「閻魔大王は、顔中の髭を逆立て、持っていた鉄の笏を振り上げました。鬼たちは、杜子春をひきたて、真っ暗な空の下に並んだ血の池に放り込んだり、焔の谷、剣の山、煮えたぎった油の鍋など、次から次へと身の毛もよだつ恐ろしい責め苦にあわせました。それでも、杜子春は歯を食いしばってその苦しみに耐え抜きました」

閻魔大王「何と強情な男だ。口を開かぬというなら、眼を開けてあれを見ろ！」

N「そっと目を開けた杜子春から血の気がひきました。ひきだされてきたのは、やせ衰えた二頭の馬でしたが、その顔は、夢にも忘れない死んだ両親そのものだったからです。杜子春は、堅く目を閉じました」

N「いくら脅しても答えぬ杜子春に業を煮やした大王は、鬼たちに命じました。『馬を鉄の鞭で打ちのめせ！』鬼たちは、四方八方から、情け容赦なく二頭の馬を、骨も砕けんばかり打ちすえました。馬は悲鳴を上げ、苦し気にいななきました。その声が今にも消え入りそうになった時、杜子春の耳にかすかな声が伝わってきました。それは懐かしい母の声でした」

母「心配しなくてもいいのだよ、どんなに脅されようと、言いたくないことなら黙っておいで。決して口をきいてはいけないよ。
杜子春、お前さえ……お前さえ幸せになれるなら……それが私たちの喜び……」

N「杜子春は思わず眼をあけました。
息も絶え絶えの馬が、倒れたままじっと自分を見ています。血の涙を流し、耐えがたい苦しみの中にあっても、その眼は慈愛に満ちていました。
杜子春は転がるように駆け寄りました」

杜子春「お母さん……お母さん！」

♪

N「気がつくと杜子春は、夕日を浴びて洛陽の西の門の下に佇んでいました。
霞んだ空、白い三日月、絶え間ない人の流れ……すべてが、まだ峨眉山へ行く前のままでした」

老人「どうじゃ。わしの弟子になったとて、とても仙人にはなれまい」

N「振り向くと、あの仙人が、微笑みをうかべて立っていました」

杜子春「はい、なれません。なれませんが、私は、なれなかったことを、嬉しく思っています。いくら仙人になれたところで、私は、鞭打たれる両親を見て、黙っていることは、できませんでした」

老人「杜子春。もし、お前が黙っていたなら、わしはあの場でお前の命を絶っていただろう。
お前は、もう仙人になりたいとは望むまい。して、これからのち、どのように生きていくつもりだ」

杜子春「たとえ貧しくとも、人間らしい、正直な暮らしをしていくつもりです」
老人「その言葉、決して忘れるなよ。
ああ、それから地獄で見た哀れな両親の姿は、幻じゃ。本当の両親は、天上からいつもお前の幸せを見守っている。それを心しておくがいい。わしは、もう二度とお前に逢うことはないだろう。さらばじゃ」
N「仙人は、くるりと背をむけ歩きだしましたが、急に足を止めて振り返り」
老人「おお、いま思いだしたが、わしは泰山の麓に小さな家を一軒持っている。その家を畑ごとお前にやるから、さっそく行って住むがいい。今頃は、丁度その家のまわりに、桃の花が一面に咲いている筈だ。そして……そしてな、その桃の花の中で、清麗という娘が、お前を待っているだろう」
杜子春「清麗……」
N「礼を言う間も与えず、仙人の姿は夕映えの人並みに吸い込まれるように消えてしまいました」
杜子春♪　さらば　都　夕映えの洛陽
いざ行こう　桃の花咲く里へ
まことの幸せを　もとめて
いざ行こう　いまこそ

いとしいひとの待つ　桃咲く村へ
あーあー　あーあー

（終）

箏による朗読

みそかの月

樋口一葉「大つごもり」より

登場人物　N（語り手）
お峰
口入屋
ご新造
石之助
三吉
大旦那
叔父
叔母
使い

序曲

SE（吹き抜ける風の音）

N「今日は、十二月三十一日、大つごもりである。

せわしない年の瀬は、ただでさえ寒さが身にしみるのに、今年の厳しい寒さは、骨の髄まで凍りそうであった。

まして、井戸端で水を汲む十八歳の下女、お峰のかじかんだ指は、車井戸の桶を引き上げる綱で、今にもひきちぎられそうだった。

水にぬれた下駄の鼻緒は、容赦なく足に食い込む。

踊りのおさらいに行く七歳のお嬢様が入られる朝風呂のためには、二つの手桶に溢れるほど汲んで十三杯は入れなければならない。

お峰は、ため息をつき、この山村の家への奉公を世話してくれた口入屋《くちいれや》の老女の言葉を思い出していた」


口入屋「お子様は六人だけどね。今おいで遊ばすのは若旦那様とお嬢様がお二人。ご新造は、たいそう気ままなお人だけど、気性をのみこんでしまえば大事ない。おだてに乗るたちだから、お前の出方一つで良い事もあるさ。

町内随一の財産家だけど、大きな声じゃ言えないけどね。

まあ大変なしみったれ。そう、ケチも町内随一なのさ。

世話しといて言うのも何だけど、山村家ほど下女のかわる家はないんだよ。三日と持たず、一晩で逃げ出したのもいたけど、お前さんなら辛抱強そうだし、器量もいいし、大旦那様はお喜びだろうよ。マジメに働けば良いこともあるからね」


♪


N「なる程、ご新造の口うるささは、ただ事ではなかった。

つい先日も、井戸端で滑って転び、桶の底をぬいてしまったが、その時のご新造の怒りようと言ったら……、額に青筋たてて」


ご新造「この家のもの、何一つ金のかかっていないものはないんだ。

粗末に扱ったら罰が当たるよ。シッカリ給金から差し引くからね」

N「まるで桶一つで山村家の身代が傾かんばかりに怒り狂った。
口入屋は『あんまり辛かったら言っといで。他をあたってやるから』と、言ったが、お峰は、一日でも無駄には出来なかった。
お峰が両親をなくしてから、親代りになって面倒を見てくれた、たった一人の叔父が、病で寝たきりになっているのだ。叔母が、内職をして八歳の三吉と三人、裏長屋で細々と暮らしている。
見舞いに行きたくても、なかなか言い出せずにいたが、ご新造のご機嫌のよい時を見計らって、恐る恐るお伺いをたてると」

ご新造「このせわしない時に、よくそんなことが言えるねえ」

N「とにべもない。見るに見かねた大旦那が」

大旦那「日頃、よく働いているんだ。たまにはいいだろう」

ご新造「おや、器量のいい子は得だねえ。旦那様の口添えとあっては、仕方がない。さっさと行って、少しでも早く帰っておいで。言っとくけれど、病気なんぞ土産に持ってこないでおくれよ」

N「思いやりのかけらもない無情な一言にも、お峰は畳に額をすりつけて繰り返し礼を言うと、目にもとまらぬ早業で、屋敷を後にした」

♪

三吉「あっ、姉さんだ！」

N「たてつけの悪い板戸を引けば、三吉が、嬉しげに叫んだ。

ろくに家具もない一間の煎餅布団に、やせ細った叔父が寝ていた」
叔父「お峰、よう来てくれた……ご奉公は並大抵ではないと、風の便りに聞いているよ。なんにもしてやれなくて……勘弁しておくれ」
お峰「とんでもない。なかなかお見舞いにもこられぬうちに、叔父様が、こんなにも（涙）……やつれてしまわれて」
N「お峰が、そういうと、叔母は、すりきれた襟元をかきあわせて涙ぐんだ」
叔母「野菜の行商もできなくなってねえ、私の内職だけでは、とても間にあわなくて、三吉がシジミ売りをして助けてくれているのだけれど……」
N「この寒空にシジミ売りとは……天秤棒は八歳の肩に食い込み、どんなに痛いだろうと思わず涙ぐむお峰に、泣き顔を見せまいとうつむく三吉。そのか細い肩に目をやれば着物はほころびている。お峰は思った。（周囲に目をやり、痛ましい思い）米びつさえ無い貧しい暮らし。これにくらべれば、私の奉公の辛さなど何ほどのことでもないと」
お峰「叔父様、叔母様、私はおいとまを頂いて、こちらで看病させて頂きながら働きます」
叔父「いやいや、それはもってのほか、お給金の前借りもあり、すぐにやめられる筈もなく、何よりも辛抱できなくてやめたと言われたら、お前に傷がつく……。なあに、わたしの病はじき治る。ただ、高利貸しから借りた十円に利子がつき、大晦日までに返せと矢の催促。

払えなければ、洗いざらい何もかも持っていくと言われてね……」

N「すると叔母は」

叔母「私がいくら内職に励んでも日に十銭にしかならなくてねぇ。

お正月には、三吉にお餅のひとつも食べさせてやりたいと思っても……」

N「と、細い肩をふるわせて泣いた」

叔父「なあ、お峰。聞けば、お前のご主人は、白金の台町に、百軒もの貸家をお持ちとか……こんなことを言えば、お前を苦しめる事になるだろうが……。

せめて……せめて二円、お借りできないだろうか。（咳）

すまぬ、（咳）本当にすまぬ」（激しく咳きこむ）

お峰「叔父様、叔母様、ご恩になったお二人のためです。必死でお願いしてみます。大晦日の昼までには、きっと用意しておきます。

三ちゃん、山村のお屋敷はわかるでしょう。取りに来られるわね」

N「三吉は、ウンと言ってうなずいた」

♪

N「その頃、山村家に足を踏み入れたのは、総領息子・石之助であった」

石之助「おーい。いま帰ったぞ。若旦那、いやバカ旦那様のお帰りだぞ！」

N「石之助は先妻の息子である。

子どもの頃は才気煥発、浅黒い顔立ちの利発な少年だったが、十五歳の頃、両親が、彼を養子に出して、妹娘に跡をとらせようと話しているのを耳にした。石之助がぐれたのは、それからであった。やくざな仲間に入って、酒浸りの日々。手のつけられない放蕩息子になりさがっていた。継母であるご新造は、そんな石之助が、うとましくてならなかった」

ご新造「あんな男にこの家を相続させたら、油蔵に火を投げ込むようなものさ。身代が、たちまち煙になって消え失せるよ。

今日だって『大晦日には金を持ち出して伊皿子《いさらご》あたりの貧乏人に、たらふく食わせてやるんだ』と大口たたいていたそうじゃないか。

ああ、もう我慢できない。

少しも早く金をくれてやって、縁を切りたいもんだ」

N「誰もが腫れ物に触るようにはらはらと息をひそめる中、石之助は炬燵に両足入れてゴロリと横になると」

石之助「おーい、酔い覚めの水をくれーい」

N「継母は、わざとらしく掛け布団などかけ、聞こえよがしの一言」

ご新造「ハイハイ、どうぞ枕をお使いなされませ。

さあさあ、お布団をおかけなさいまし。

新年を前に風邪でもひいてはなりません」

（フン、いっそ風邪こじらせて、死んじまえばいいのに……）

N「お峰は、気が気ではなかった。じきに昼になる、三吉が、お金をとりにくる。せっぱつまったお峰は、ご新造のご機嫌を見定める余裕もなく、頭の手ぬぐいを丸めて、膝をついた」

お峰「あの……あの……大奥様、先日からお願いしておりましたこと……。こんなにお忙しい中、申し訳ございませんが……」

ご新造「そうだよ。この忙しいときに、なんだって言うのさ」

お峰「今日の昼までに、叔父がたっての頼みの、高利貸しへの返済のあの……お金……」

ご新造「えっ、お金だって？　この忙しいさなかに……。たしかに叔父さんの病気とやら、借金とやらの話は聞きました。だからって、私が立て替えるなんてことは、聞いてないねえ。毛頭覚えのないこと」

♪（驚き）

N「ご新造は、煙草の煙を輪にしてふかし、顔をそむけた。お峰は息もつけなかった」

お峰（ため息）（あれほどお願いしたのに……十日前には、確かにおっしゃった。

この家にとっては二円などというはした金、承知したとたしかにおっしゃったのに……。

今朝も、奥の間の手文庫の中に、店子が持ってきた札束を入れなさるのを見たばかり。

あの中から、二枚をお貸しくだされば、貧しい親子三人が、なんとか年を越せますのに……）

♪（悲しみ）

N「時も時、お嬢様の嫁ぎ先からの使いが、息せききってやってきた」

使い「大奥様、若奥様の予定日は明日でございましたが、朝からお痛みが激しく、午後にはご出産のきざし、何分にも初産でございますので、ぜひ、大奥様にお出まし頂きたく」

N「取るものもとりあえず、ご新造は、迎えの車に飛び乗った。

入れ違いに、おずおずと勝手口に顔をのぞかせたのは三吉だった」

三吉「姉さま！　姉さま、こんな身なりで入っても叱られませんか？

約束のもの、もらっていけますか？

大旦那様、大奥様に、きちんとお礼を申しあげてこいと、お父さんから言われてきました」

N「何も知らない三吉のあどけない笑顔に、お峰は、『一寸、ここで待っておいで』と奥の間に駆け込んだ」

N「あたりを見まわせば、お嬢様方は庭にでて羽根つきに余念がなく、小僧たちは、お使いからまだ帰らず、女中は二階で針仕事。

酔いつぶれた若旦那様は、炬燵で高いびき。
お峰は心の中で叫んだ」

お峰（神様、仏様、お許しください。私は悪人になります。
なりたくはありませんが、もう、どうしようもないのです。
罰をあてるなら、どうか、私一人にしてくださいませ。
叔父や叔母は知らないことです。
いけないことですが、このお金、盗ませてください！）

N「お峰の手が、手文庫にかかったとき、石之助が寝返りをうった。
お峰の全身の血が凍りついた。息もつけず立ち尽くしていたが、ふたたび石之助のいびきが耳に
入ったとき、お峰は震える手で、素早く二枚の札を引き抜いた。
急いで懐紙に包み、待っていた三吉の元に戻り、その手に握らせ、小さな背中を押すようにして送
り出すと……お峰は勝手口に……へたりこんだ」

♪

N「日暮れ近く、大漁で恵比寿顔の大旦那が釣りから帰った。
まもなく帰ってきたご新造は、初孫の誕生に、この上もない上機嫌で、お峰に尋ねた」

ご新造「大旦那様は、釣りからお帰りかい。
（小声で）若旦那は、えっ、まだ、いるのかい」（舌打ち）

♪

N「夫婦が揃ったところへ、のっそり現れた石之助は、珍しく神妙に口を切った」

石之助「新年は三が日まで、こちらでと思いましたが、堅苦しい年始客の相手は面倒だし、親族知人に美人がいるでもなく毎度くだくだと意見されるのも聞き飽きました。

このあたりで、おいとましたいと思いますが……。

実は今夜が期限の借金もあり、人のため判をついたものもあり、ごろつき仲間に、やる物やらねば、納まりがつきません。

父上のお名前を汚してはと思いまして……。

申し訳ございませんが、つまりはカネで解決というわけで」

N「大旦那は、金庫から札束をとりだし、石之助の前に叩きつけるように置いた」

大旦那「いいか、石之助。この山村の家は、代々堅気一方、正直律儀を旨として悪い噂をたてられたことなど、ただの一度もない。

本来なら山村家の総領として親を助けていくべきを、六十に近い親に泣きを見せる罰あたりめが！

(子どもの頃は利発だったのに、何故、このような出来損ないになりさがったのか)

このカネは貴様にやるのではない。

万が一にも、人様の金に手を出すようなことあれば、嫁いだ姉の、夫の顔にも関わるし、まだ縁づかぬ妹たちが不憫《ふびん》だからだ。

さあ、この金を持って出て行け！

二度と山村家の敷居をまたぐな！」


N「大旦那は、いきりたち席をけった。

石之助は、父親の怒りもどこ吹く風の涼しい顔で、札束を懐にすると、継母の前に両手をついた」


石之助「それでは、おふくろ様。ごきげんよろしゅう。

邪魔者は消えますゆえ、どうぞ、良いお年をお迎えなさいませ」

N「わざとらしく深々と頭をさげ、これみよがしに、大手を振って出ていった。その後ろ姿に、継母は、吐き捨てるように言った」

ご新造「ああ、金は惜しいけれど、あれの顔を見ないですむだけでもせいせいするよ。

あんな出来損ないを産んだ、母親の顔がみたいもんだねえ。

これで、やっと、この家にも春が来るってものさ」


N「ますます冴えわたる毒舌も、お峰の耳には入らなかった。

犯した罪の恐ろしさに、胸は、張り裂けんばかりであった。

調べれば、すぐにわかること、言い訳などできるはずもなく、白状すれば、叔父の身に及ぶ、お峰は、生きた心地がしなかった」

お峰（ああ、どうすればいいのか……どうすれば）
♪

N「いよいよ大晦日の大勘定として、家中のすべてのお金を集めて、封印することになったが、ご新造は、今朝、手文庫に入れた二十枚の札束を思いだした」

ご新造「おお、そうだ。お峰、奥の間の手文庫を、持っておいで」

N「お峰は、震える手で手文庫を胸に抱えた時、心に決めた」

お峰（大旦那様に、ありのままに申し上げよう。

大奥様は、一度、承知なされましたのに、聞かぬとおっしゃるので、切羽つまって盗みました。

でも、〈強く〉これは叔父は知らぬことです。

私が死んでお詫び致します）

♪

N「手文庫のふたが開けられたとき、お峰は目を疑った。

お峰が引き出したのは二枚、残りは十八枚ある筈が、手文庫の中は……カラであった。

振っても叩いても何一つ、いや、一枚の紙きれが、ひらりと落ちた。

紙には墨黒々と書かれてあった。

『文庫の中の分も頂戴いたし候　石之助』

一同、言葉もなく、ただ顔を見合わせるばかり。

お峰は、全身の力が抜けて、すぐには動くこともできなかった」

お峰（若旦那様、眠っておいでだとばかり思っていましたのに……。

なにもかも見ておられたのですね。お助け下さったのですね。〈涙〉
本当に、ほんとうに……。〈泣く〉
有難うございました。ご恩は一生……忘れません)

N「お峰は、心の中で、ただ手を合わせるばかりだった」

♪

N「月さえ見えぬ大つごもりの凍《い》てついた道を、踊るような軽やかな足取りで去って行く、石之助の姿があった」

♪

N「その胸は久々に、温かい思いで満たされていた」

（終）

朗読ミュージカル

それぞれの空

登場人物

N（語り手）
美佳子
沢野辺
老婦人
松本
娘
昌一
女の子
若い母親

序曲

♪　春は名のみの　冷たい風に
　桜のつぼみ　まだ固く
　春を待ちかね　空見上げれば
　清らに澄んだ　青空に
　ぽっかり浮かぶ　白い雲

N「お彼岸には三日も早いお墓に人影はほとんど無く、美佳子は、誰に気兼ねすることもなくお墓の掃除をすませた。甲斐甲斐しく拭き清め、お花を供えると、無口な父親のはにかんだような笑顔が浮かんだ」

美佳子「お父さん！　私、お母さんみたいにはいかないけれど、お墓のお掃除、精一杯頑張ったんですもの。これで我慢してね。

お母さん、どんなにお参りに来たがってたか……。でも、電気のコードに足引っ掛けて転んで大腿部骨折。相変わらずそそっかしくてやることが派手でしょう？　お母さん、お墓参り出来ないのが一番悲しいって病院でベソかいていたけれど……私が来ることになったら、ほうら、こんなに細かく書いたメモを渡されたわ」

N「仕事が忙しくて、いつもお墓参りができなかった美佳子は、あらためて父に詫びた」

美佳子「ごめんね。お父さん。お墓参りどころか、元気な時でも、忙しい忙しいって、ろくに話もできなかった娘だけれど、でも今は会社がつぶれちゃって失業中だから本当によかったフフフ……あんまり良くも無いけれど……」

N「本当に笑い事ではないのだが。

何はともあれ時間はたっぷりある。今日は、母から頼まれたお墓参り代理の役目を、最後までキチンと務めなければならない」

美佳子「えーと、お掃除ヨシ！　お花ヨシ！　お線香ヨシ！」

N「まるで車両点検をする車掌さんみたいに、指差し確認をした美佳子は、ほっと一息、さあ、最後の仕上げである。美佳子は母のメモを見た。

『お父さんのためにこれを歌って下さい。晩酌のとき、お父さんがよく歌ってたから覚えてるでしょう。これはお父さんと私が結ばれた日に歌われた思い出の歌です。だからお参りのたびに歌います。人が多い時はお墓の前にかがんで小声でささやくのです』

今は人がいないから、思い切って歌うわね。『美佳子が歌うとオペラみたいだなぁ』ってよく笑われたけど、今日はお父さんのテープ聴いて一生懸命練習してきたの。ま、ガンバリますからね」

N「美佳子は、周囲に人影のないことを確かめてから、姿勢を正し、父と母のラブソングを歌った」

美佳子 ♪ 高砂や　この浦舟に～（キイが高い）

「あれェ～？　やっぱりオペラみたいになっちゃう。そうだ！

お父さんの録音に合わせて歌えばいいんだわ」

N「美佳子は、イヤホーンを耳につけ父の声を頼りに歌い始めた」

♪ 月もろともにいで潮の

波の淡路の島影や

N「美佳子は先日、病院で母親に訊いたのだ」

美佳子「ねえ、お墓で歌うんだからもっと他の歌はないの？」

母「だって美佳子、結婚式のとき、この歌でお父さん、感激して大泣きしたのよ。無愛想なのに、何ていい人なのかしらって、母さんも泣いて。それ以来、これは二人の記念の歌になったんだから。

それにね、お父さん、一度だけぼそっと言ったことがあるの。

いつか、美佳子の結婚のとき歌いたいって」

美佳子「いやだわ、だってチャペルで式挙げるかもしれないのに……」

N「美佳子は笑いとばしたが、思いがけない父の思いをその時、初めて知ったのだった」

♪　遠く鳴尾の沖　すぎて
はや住之江に　つきにけり
N「祝言に歌われる謡曲『高砂』だが、誰もいない墓地に流れる歌声は決して不釣合いとは言えず、静かに眠る人たちへの鎮魂歌のように思えた。

美佳子は気がつかなかった。墓地の中央に立つ、樹齢百年といわれる欅の大木の陰に一人の男が、
美佳子の様子をじっと窺っていたことを」

♪

N「白髪まじりで痩せぎすの男は、美佳子がお墓の掃除にかかったときから、ずっと見つめていたのである。『高砂』を歌いはじめたときは、さすがに驚いたようだったが、木の一部にでもなったかのように身をひそめて聞いていた。

男は、美佳子が帰りかけると、そろそろと後をつけ、さりげなく墓地の出口で追いついた」

沢野辺「あのう、失礼ですが……」

美佳子「エッ、ヒエェ〜〜〜〜！」

沢野辺「ウホォ〜〜〜そんな声出さないで下さい、ア〜びっくりしたァ〜。

　怪しい者ではございませんので」

美佳子「だって、誰もいないお墓に、いきなり出てくれば、誰だって驚きますよ」

沢野辺「これは失礼しました。申し訳ありません。

　では改めまして（名刺を出し）私は沢野辺と申します」

美佳子「ぼ・さ・ん・だ・い・こ・う会社グリーンフィールド？

　なんですか？」

沢野辺「文字通り墓参代行。お墓参りの出来ない人……例えば病気だとか、遠方に住んでいるとか、仕事が忙しいとか……つまり、気持ちはあるが、心ならずも墓参できないという人に代ってお墓参りをさせて頂くという……」

美佳子「見ず知らずの人のお墓にですか」

沢野辺「さようです。仕事ですから、なまじっかズボラな身内や、義理でいやいや来るような親不孝者よりはるかに綺麗にお掃除します」

美佳子「でも心がこもってないでしょうに……」

沢野辺「それが不思議なもので、依頼主のお手紙で気持ちをうかがうと、情がうつるものなんです。ほ〜ら、ご覧ください、この証拠写真。

お掃除の前とあと。ビフォーア、アフター！

何ということでしょう！　まるで新しいお墓のようではありませんか」

美佳子「だからって、なぜ私に、こんな話を」

沢野辺「あなたをスカウトしたいと思ってずっとあの木の陰から見ていました」

美佳子「まァ〜ヤダ、ストーカーみたい」

沢野辺「ストーカーじゃありません。スカウトです。

実は、私がこの仕事を始めたのは半年前ですが、思いのほか好評で、社員をふやしたいと、アチコチ墓地をめぐっては、きちんとお墓参りの出来る人を探していました。

今日、あなたのお掃除を見て感心しました。完璧でした。最後に『お掃除ヨシ！　お花ヨシ！　お線香ヨシ！　ヨシ！　ヨシ！　ヨシ！』

指差し確認までなさる……ほとほと感服しておりますと、今度は『高砂や〜』ときた。お見事！

突然ひらめきました。オプションとして、故人のお好きだった歌もサービスする、というのはどうだろうかと、たった今思いつきました。失礼ですがお仕事は……」

美佳子「今は……ちょっと……」

沢野辺「ではないかと拝察していました。平日のこの時間に来られるのは、仕事していらっしゃらないに違いないと。

まことに唐突で不躾《ぶしつけ》ではございますが、いかがでしょう」

美佳子「本当に唐突で不躾ですわ！　ゆっくり考えさせて頂きます！」

N「あまりといえば突然の勧誘にムッとした美佳子に、沢野辺は無理矢理パンフレットをおしつけると、折り目正しく『では、よいお返事お待ちしています。お気持ちが決まりましたら、墓石の磨き方などのノウハウは、改めてお伝えいたします』と頭をさげた。

振り向きもせず墓地を後にした美佳子は、病院に寄って母に報告した。母は、滞りなく墓参りをすませたこと、大声で高砂を歌ったことを聞くと、『お父さん、どんなに喜んでるでしょうね』と涙ぐんだ。

家に戻ってから、インターネットでグリーンフィールド社を調べてみると、きちんとした会社案内がでていた。怪しい会社ではないことがわかり、母の喜ぶ顔を思い浮かべた時、美佳子は、ふっと思った」

美佳子「悪い仕事じゃないかもしれない。明日、面接に行ってみよう……」

♪（時の流れ）
N「そんなわけで、美佳子の墓参代行業は、好調にすべりだした。
とりわけ故人の好きだった歌を捧げるというオプションは好評だった。見も知らぬ他人のお墓に、真心がこめられるものかと思ったが、墓参代行を頼む人たちの思いは切実で、胸うたれるものばかりだった。

墓参はかならずしもお彼岸やお盆にこだわらず、故人の命日を選ぶ人も多かったし、場所も様々だったから、思っていたより忙しかった。
歌も演歌からクラシック、童謡、ジャズ、邦楽まで様々だったが、幼い頃から、どんな歌でも、すぐに覚えて周囲を楽しませていた美佳子にとっては、うってつけの仕事だったかもしれない」

♪（音楽残る）

〈第一話〉

♪

美佳子「さァ！　今日も一日がんばろ～っと！」
♪　今日の最初のお仕事は
池内源之介様の未亡人からのご依頼
腰が痛くて動けない奥様の　たっての願いは
池内権之介様のお墓参り
『源之介様と権之介様……ご兄弟？　それとも親子？　？
ええっと……お供え物はペディグリーチャム？　？　じゃ、権之介様って……』
（ワンワンワン、ワンワンワン、ワン～～～ワン！）
『犬！』

N「その一画は、ペットの墓地だった。かなり立派なお墓だが、雑草が生い茂っている。草むしりに手間取ったが、やっとさっぱりしたところで、後ろから声がした。

『なかなか真面目にやっていらっしゃるのね』

振り向くと、お供の男をつれた品のいい老婦人が杖をついて立っていた」

美佳子「はっ？」

老婦人「相手が犬でしょう。きっと手ぬきをするに決まっていると思って、こっそり様子を見にきたんですの。でも、先程からお掃除ぶりを拝見しておりましたら、そんな風に思ったことが恥ずかしくなりました。杖ついていなければ拍手したいくらいですよ。

権之介チャンは、夫の身体が晩年不自由になり、言葉もままならなくなった時、付きっ切りで、夫を励ましてくれましたの。

無二の親友、イイエ、本当の息子以上に夫の思いを理解して……。

あの子は犬ではなく本物の息子でしたよ。

あ〜ァ、あの子の話をするとすぐに涙が（涙を拭き、にっこりして）、でもメソメソしたら二人に叱られますわ。

そうそう歌を歌って頂けるのですよね。二人の好きだった歌を」

美佳子「は、はい奥様！」

老婦人「お邪魔でしょうが、ぜひ私もご一緒させて下さいませね。権之介チャンは、この歌を歌うとチャンと合いの手をいれましたのよ。
あ、この人は運転手の松本です」
美佳子「どうも……」
老婦人「ではあなたと私がメロディを。松本はお稽古したように犬のパートを担当してね。よくって？」
松本「はい！　畏まりました、奥様」
老婦人「では、よろしく……」
♪　幸せなら　手をたたこう（松本に合図）
松本「……ア、はい！　ワン！」（ずれる）
老婦人　♪　幸せなら　手をたたこう（再び合図）
松本「はいはいはい！　ワン、ワン……ワン！」
老婦人「ア～もういいわ、犬は私がやります。
松本はそこで口だけ開けてらっしゃい。ごめんなさいね。もう一度はじめからお願いします」
美佳子（笑いをこらえて）「はい、奥様……では……」
♪　幸せなら　手をたたこう（ワンワン！）
幸せなら　手をたたこう（ワンワン！）
幸せなら　態度でしめそうよ

ほら　みんなで手をたたこう（キャンキャ〜〜ン〜涙になる）

老婦人「ああ〜楽しゅうございました」

♪

老婦人「本当に本当にありがとう存じました。自分で来られなくても貴女サマにお願いすればこんなに手厚くお参りして頂けるってわかりましたもの。もう、思い残すことはないわ」

美佳子「そんなことおっしゃらずに、またご一緒にお参りしましょう。お洒落な奥様にお会いできて、とても嬉しゅうございました。ぜひまた……」

老婦人「まあ、お洒落ですって？　この私が？　オ・シャ・レ……」

♪　なんて嬉しい　なんて胸はずむ言葉
久しく耳にしなかった言葉
頬をくすぐるそよ風のような
優しくゆらぐ木漏れ日のような
幸せはこぶ魔法の言葉　O・SHARE！

老婦人「そういえば主人の口癖でしたわ。お洒落だね。君、綺麗ですよって。昔は、まるまる肥っていた私に、主人はよく『ビア樽にカーテン巻いたみたいな君を見てるとほんとうに……癒される』って言ってくれたものですけど。年ごとに痩せこけて、今や〝枯れ木にのれんが引っかかっている〟みたいでしょう？」

美佳子「そんなことありません。奥様は素敵です。また、ぜひご一緒に」

老婦人「私ね、実はお医者様から、腰の手術をすすめられてるんですけれど、痛い思いは嫌、今更手遅れよ、なんて強情はってたんです。でも貴女のような素敵な〝墓地友《ぼちとも》〟ができたんですもの。〝枯れ木のれん〟とはいえ手術して『杖よ、さらば！』になりたいって、たった今、決心しましたわ」

美佳子「奥様……」

♪

〈第二話〉

N「次の依頼人は……」

♪（海のテーマ）

N「はるか遠い海沿いの小さな町に住む元漁師、正確に言うと漁師の娘という人からであった」

娘　♪　年老いた父　『名は昌一』　昌一のために
お墓参り　どうぞお願いします
お参り頂きたいお墓　父の命の恩人の
お医者さまのお墓です

「父は八十六歳で、二年前まで現役の漁師でしたが、病に倒れ身体が不自由になり、今は私の家族と暮らしています。

先生のお墓が、ご子息の住まわれる東京に移され、お墓参りできないことが、父の大きな悲しみです。

娘の私は、まだ子ども達が小さく、父を連れて東京まで行くことができません。私には父の悲しみが手にとるように分かるのです。

先生が、お亡くなりになった時、父は漁に出ておりましたが、エンジンの故障で、遅く帰ってきました。

浜で待っていた私から、先生の訃報を聞いた父は、大声で喚《わめ》きながら、先生のお宅に駆けつけましたが、お通夜の弔問客はお帰りになり、ご家族だけになったところでした」


昌一「センセ、センセ……なんで死んだんや。あかん、死んだらあかん。

センセは、わしが、大怪我した時も、盲腸が手遅れで死にかけた時も助けてくれたやないか。そのセンセが、なんでわしより先に死ななアカンのや。

無理して買《こ》うた船が嵐で流されて、もう死んでしまおうかと浜に立っとった時、センセは、わしの手ェ握り締めて『生きなあかん。船はのうなっても、生きていさえすれば何とかなる。ええ日はきっと来るんや』そう言うて、毎日、励ましにきてくれた。なんで、そのセンセが、わしより先に……」

♪

娘「父は、今、不自由な身体でも一生懸命生きています。
釣りが何より楽しみだった二人。大漁の日には一杯やりながら、ご機嫌で歌われた先生の、正調『黒田節』。
今も耳元に、残っています」

N「同封されていた父親の手紙は、不自由な手で懸命に力をこめて書かれた鉛筆の文字であった」

昌一「生きてるうちに、センセのお参りできんのやったら、死んでも死にきれんと言うたら、娘が、そちらさんのこと話してくれました。
どうか、どうか、どうか……よろしく、お頼みいたします」

N「貧しい漁師たちからは治療代をとらなかったという先生。その墓前で、美佳子は心をこめて歌った」

美佳子　♪　酒は飲め　のめ
飲むならば
日ノ本一の　この槍を
飲みとるほどに　飲むならば
これぞ真《まこと》の　黒田武士

♪（海のテーマ）

〈第三話〉

N「その日の依頼は、初めて子どものお墓だった。
（童謡風テーマにのせて）花模様の可愛い便箋に、きれいな文字で書かれた手紙。
美佳子は胸をつかれた」

若い母親　♪　お墓参りを　お願いします
歌を供えていただけるとか
お墓に眠るのは　『私のひとり娘』
可愛い盛りの五歳の娘　名前は　さやか
『サアちゃん』と呼んでおりました
「サアちゃんは、いつも『お母さん、大好き！』と言ってくれました。
父親はいません。サアちゃんが二歳のとき病気で亡くなったからです。夫の両親は、まだ若い私の将来を思い、私の籍をぬいて、新しい人生を歩んでいくようにと言ってくれました。娘を自分たちの子どもとして育てようとさえ……ほんとうにいい人たちでしたが、私は、サアちゃんと二人、なんとか生きていこうと思いました。
ところが、そんな矢先、娘まで病気で、あっという間に天国に召されました。夫の両親の計らいで、サアちゃんは夫のもとに葬られました。毎日毎日泣き暮らし、死ぬことまで考えていた私を救ってくれたのが今の夫です。遠く離れた山のふもとの村に住む人です。妻に先立たれ、小学生の子どもと年老いた両親のいる人ですが、みなで私を、温かくつつんでくれました。

私はようやくこの新しい家族と、新たな一歩を歩み始めたところです。そんな今、遠方のお墓にお参りに行くことははばかられるのです。

サアちゃんがイチバン好きで、私と一緒にいつも歌っていた『お母さん』という歌を、どうぞよろしくお願い致します」

N「涙の跡だろうか、所どころ文字がにじんだ便箋から、母親の切ない思いがあふれていた」

♪（道中）

N「電車を乗り違えたりしたために、墓地についたのは、やや日がかげり始めた頃で、美佳子は手早く、手際よく掃除を済ませた」

美佳子「さやかちゃん、サアちゃん。あなたの大好きなお母さんの代りにお参りします。あなたのお母さんになったつもりで歌いますからね。一緒に歌ってね」

♪　おかあさん
なあに
おかあさんて　いいにおい
せんたくしていた　においでしょ

シャボンのあわの

子どもの声《においでしょ》
♪
N「美佳子は、ドキッとした。子どもの声が、一緒に歌っているような気がしたからだ」
子どもの声《おかあさん》
♪（不思議な現象への恐怖感）
N「気のせいではない。確かに子どもの声だ。鳥肌がたった」

美佳子　♪　なぁ〜に……（こわごわ）
N「美佳子の身体が金縛りにでもあったように、動けなくなった」
美佳子「そうよ、ここはお墓ですもの、こういうことがあっても不思議ではないのかもしれないわ。落ち着いて！　美佳子。落ち着いて最後まで歌うのよ。美佳子！」
N「美佳子は、何かの気配を感じて、カチカチになった首に力を入れて、恐る恐る後ろを見た。すると、後ろのお墓の石段に、五歳くらいの可愛い女の子が、腰掛けて歌っている」
女の子《おかあさんて　いいにおい》
N「気づかれないように顔を戻した美佳子は、脂汗を滲《にじ》ませながら歌い続けた。すると、だんだん怖さは薄れ、美佳子は子どもの声にあわせ、サアちゃんとお母さんのために歌った」

美佳子　♪　お料理していた　においでしょ
　　　　　たまごやきの　においでしょ

若い母親「タマコ〜！　タマコったらァ〜、タマコォ〜、どこにおるん。
ア、やっぱこんなとこにおったんか。
おかあちゃん。どんだけ心配したか。

あれほどお墓で遊んだらいけんて言うたやろ。

さ、早う帰ろ。お墓はなあ、遊園地とちがうんじゃけ。

あ、すんまっせん。お参りの邪魔したんとちがうんかの〜。

うちら、広島からこの近くに引っ越してきたばかりなんじゃけどォ、この子、えろう、墓地が気に
いってしもうて。

ほんまごめんなァ。

さ、さ、はよ帰ろ。ほんじゃ、サイナラ」

女の子「ほんじゃ、サイナラ」

美佳子「さようなら」

N「美佳子は、ほほえましい母子に手をふりながら心の中で叫んだ」

美佳子「タマコちゃん、遊びにきてくれたのよね。サアちゃんのところへ。ありがとう、タマコちゃん！」
N「美佳子は素早く掃除道具を片付け、お父さんと眠るサアちゃんのお墓に心をこめて手をあわせた」
♪（おかあさんのテーマ）
N「空は夕焼けにそまりはじめ、雲は次第に金色に縁取られていく。顔も知らないまま心触れ合った人たち。残された者の思い出の中に、永遠に生き続けるそれぞれの命を思った」

♪　誰にでもいつか　きっと
別れのときがくるけれど
それは　つかの間　そうよ
さよならではなく
また会う日までの『幕間《まくあい》のとき』
ふたたび会える喜びの日を
祈りとともに　夢見て

N「見上げる茜雲の中に、ふいに父の顔が浮かんだ」
美佳子「お父さん、生きているうちに、もっとお喋りしておけばよかったわ。私の結婚式で『高砂』を歌うのがお父さんの夢だったって聞いてびっくりしたけれど、嬉しかった……。

生きてる間に夢を叶えてあげられなくてごめんなさい。

でもねお父さん、お母さんたら、お父さんに代って自分が高砂を歌おうって決心したらしく、退院してからこっそり練習してるのよ。

ありがたい母心なんだけど、お母さんの『高砂』、私のオペラどころではないの。まるで小唄か都都《ど》逸《どいつ》みたいなんですもの」

♪　ハ、高砂や〜〜ァ、この浦ァ〜ァ舟に〜帆をあげてェ〜〜

「って……。あれを私の結婚式で歌われてもネェ〜。

お父さん、そちらから何とか止められないかしら……。

え？　結婚しなきゃいいって？　もう、お父さんたらぁ〜！。

(思わず吹き出し笑顔で)マ、いっか！」

♪（終曲・明るく始まる）

美佳子「おとうさん！　お父さんのお墓参りが縁で出合ったこの仕事、わたし、一生懸命、続けてみようと思っています。

お父さん。ありがとう！」

♪　ほら目を閉じて　そっと耳をすませば

聞こえてくるでしょ　それぞれの言葉
見知らぬ人との　不思議な縁《えにし》
命の証《あかし》　心の叫び
胸をゆさぶる　清らなその声
それぞれの人に　それぞれの歌
ラララ ラーラララ ラー
ルルルルル　ラララ ラー
それぞれの人に
それぞれの　空
（音楽、青空に明るく響いて……）

（終）

朗読ミュージカル

樫の木の下で

登場人物

N（語り手）

弥生

リュウちゃん

ミイちゃん

序曲

N「弥生は、幼稚園の門の前で足をとめました。何もかもあの日のまま。小さな庭の真ん中に、両手広げて立っている樫の木は、六十年前のあの日のように、弥生を見下ろしています。弥生は、思わず声にだして言ってみました」

弥生「樫の木さん、お久しぶり」

N「ふいに六十年の歳月が飛び去って、新米の先生だったあの日の自分に戻っていくような気がしました」

♪

N「気ばかり焦って、何もかも思うようにいかなかった日々、嬉しいにつけ悲しいにつけ、すがるように見上げたこの樫の木」

弥生　♪　悲しいときも　辛いときにも
わたしは見上げた　この樫の木
いつも両手広げ　あなたは
黙って　わたしを見下ろしていた
時には父のように　たくましく
温かいその腕の中に
わたしの思いを　受け止めてくれた樫の木
時には母のように　やさしく
さやさやと　そよ風にのせて
心にしみる歌　歌ってくれた　樫の木

N「園庭をゆっくり見回すと、だあれもいない砂場や、すべり台に子供たちの姿が重なります。六十年前、幼稚園を巣立っていった子どもたち一人一人の笑顔や、あどけない仕種までが目に浮かんできます。
弥生は、初めて受け持った三歳児が卒園する年に、結婚のため幼稚園を辞めたので、そのクラスの子どもたちは、三年間を共にした文字通りの同期生でした。その同期生が、今日、弥生のために集まってくれるというのです。この樫の木が、六十年ぶりの待ち合わせの場所なのです」

弥生「結婚してから、夫の転勤で何度も住まいが変わり、子育てや夫の両親の長かった看病、夫との死別……思いもかけぬ大病までして、半世紀以上もたった今、やっと会える、あの園児たちに（笑って）、もう園児じゃないわ。私だって、八十歳になったんですもの」

N「弥生は、こみあげる喜びに胸をときめかしながら、もう一度樫の木を見上げました。卒園式の日、心からの感謝をこめて別れを告げた樫の木を」

弥生　♪　今日はあなたに　別れ告げる日
緑の梢　見上げれば　きらめくこもれび
忘れません　いつまでも
さようなら　樫の木　ありがとう樫の木
さようなら　樫の木　ありがとう樫の木

N「弥生は、ふっと気配を感じて振り向きましたが、誰の姿も見えません。当然です。約束の時間には、まだ三時間もあるのです」

弥生「年をとると堪《こら》え性がなくなる、っていうより、嬉しくて、とてもじっとしてなんかいられなかったわ。孫が、送ると言ってくれたけれど、断った。だって、いつも元気一杯だった皆の〝ノニ先生〟が孫に手をひかれてヨボヨボ、なんて姿、見せられないですもの」

N「弥生は、ゆっくり庭を横切り、キリンやゾウの絵が描かれている小さなベンチに腰を下ろしました」

弥生「ノニ先生、そう、私は、園児たちからノニ先生と呼ばれていたわ。憧れの幼稚園の先生になったというのに、その喜びにひたる間もなく悪戦苦闘の毎日だったあの頃。ただ夢中で、いくら躍起になっても、少しも思いどおりにならない園児たちに、ベソをかきながら大奮闘していた私。何かにつけて金切り声を上げて叫んでた、あの日の私。『あーあ、せっかくおててを拭いたのに』『ほーら、やっぱり転んだ。だから危ないって言ったのに』『アッ、ドロンコ！　そこへ入っちゃだめなのに』のに、のに、のに……一日に一体何回叫んでいたことでしょう。ああなのに、こうなのに、のに、のに、のに……」

弥生　♪　右をむいても　のに　のに　のに
　　　　左をむいても　のに　のに　のに

こんなに　一生懸命なのに
心をこめて　やっているのに
今日こそ笑っていたいのに
どうして　うまくいかないの
『のに　のに　のにのに　のにのにのにのに
あーあ（大きなため息）のに』

弥生「日がたつにつれて、園児の扱いにもなれてきて、『のに、のに』と叫ばなくなったけれど、ノニ先生という名前だけは、そのまま残ってしまって。でも、この名前、子どもたちも私もけっこう気にいってたのよね。三月生まれで一番小さかったミイちゃんは、口がまわらなくて『ニョニチェンチェー』なんて」

♪

N「だいぶ手際よくなり『のに、のに』と言わなくなっても、なおも叫び続けていたのは〝リュウちゃん〟という名前でした。
弥生だけではなく、どの先生も手を焼いていた腕白坊主、それがリュウちゃんでした。身体が大きくて暴れん坊、リュウちゃんという名前は悪戯《いたずら》の代名詞のようでした」

弥生「樫の木の下に立って、何度願ったことでしょうねえ。

『樫の木さん、どうか、あの子を、ほんの少しでいいから静かにさせて』

毎日毎日、騒ぎをおこすリュウちゃん、まるで悪戯をするためにだけ幼稚園に通っているような子だったわ。

『リュウちゃん、カスタネットをかじらないで！』

『リュウちゃん、スカートまくりなんかしないの！』

『リュウちゃん、お砂場に水まかない！　コラ、バケツかぶって走らない』

『リュウちゃん、お尻でオルガン弾かない』

リュウちゃん！　リュウちゃん！　少なくとも一日十回は叫んでいました」


♪


弥生「リュウちゃんのお母さんは病気がちで、送り迎えは大抵おばあちゃまだったけど、たまにお母さんが顔を見せようものなら、リュウちゃんは大喜び。『お母さんだ、お母さんだ！』と大はしゃぎ。リュウちゃんのお母さんは小柄でか細く、色白のきれいな人で……。いつも先生や、皆にリュウちゃんのことを謝ってばかり。

『すみません、リュウが、ご迷惑ばかりおかけして、申し訳ありません』って。リュウちゃんときたら、そんなことどこ吹く風、ただ嬉しくて嬉しくてたまらないようで、小犬みたいに飛びつき、まとわりついて……あの乱暴ぶりはどこへやら。お母さんが好きでたまらないって感じだったわ」


♪

N「それは、弥生が幼稚園に来て二年目の冬、朝から雪のちらつく寒い日でした。雪の日は、雪合戦、雪だるまや雪ウサギ、楽しいことも多いけれど、いつもにもまして用事のふえる日です。手袋や靴下が濡れたといって泣く子、雪を部屋に持ち込む子、雪を食べてしまう子、興奮してはしゃぎまわる子どもたちで、大騒ぎになるのです。その騒ぎに輪をかける泣き声に、弥生が飛んでいくと、ミイちゃんたち女の子が泣きわめいています」

弥生「みんな雪だらけじゃないの。どうしたの、泣いてちゃわからないわ。
エッ、リュウちゃんが、雪の中に突き飛ばしたって？　花ちゃんは頭を叩かれた、貴女は、ほっぺをぶたれたって？　しようがないわねえ、まったくゥ。それでリュウちゃんは、どこ？　エッ、まだ外にいるって？　こんなに雪が降ってるのに」

♪

N「窓を開けると、降りしきる雪の中にしゃがんでいるリュウちゃんの姿がみえました。冗談じゃない、ただでさえ大変な日に。
弥生は、窓から身をのりだして、大声でリュウちゃんを呼びましたが、振り向きもしません。女の子たちを泣かせたから、怒られると思って中に入って来られないのだと、弥生はカッとなって庭に飛び出していきました。
庭の隅にうずくまったリュウちゃんの上に、うっすら雪が積もっています」

弥生「リュウちゃん、どうして皆をいじめたの！　どうしてお部屋に入らないの。あんなに呼んだのに、どうして知らん顔してたの、どうしてなの……どうし……リュウちゃん……それ……」

♪

N「リュウちゃんがしっかり抱えていたのは、小さな雀でした。雀は、細い足をつっぱり目を閉じていました。リュウちゃんは雀の死骸に、一生懸命、息を吹きかけていたのです。とにかく中に入りましょうという弥生に、リュウちゃんは言いました」

リュウ「いやだよォ。だって、ノニ先生、あのね、あのね」

♪　雀の赤ちゃんが
　雪の上に落ちたんだ
　母さん雀が　赤ちゃんを
　おうちにつれて帰ろうと
　チュンチュン鳴いていたんだよ
　帰りましょう　赤ちゃん
　起きなさい　赤ちゃん

「僕、母さん雀が、赤ちゃんに、そう言ってるの聞いたんだ。だから樫の木の陰で静かァにしてたの。だけど皆が、スズメ、スズメってキャーキャ騒ぐんだもん。びっくりして母さん雀、飛んでっちゃって、赤ちゃん、ひとりぼっちになっちゃったんだ。だから、だから僕、怒ってやったんだよ」

弥生「それで皆のことを」

リュウ「だからね、僕、母さん雀のかわりに赤ちゃん温めてるの。ここにいないと母さん雀が心配するからさぁ、だから、も少しここにいていいでしょ。

ノニ先生は、寒いからお部屋に入っててていいよ。僕はだいじょうぶ。ねえ、先生。母さん雀、きっと戻ってくるよね。母さん雀……ぜったい戻ってくるよね」

♪

N「母さん雀、きっと戻ってくるよね。リュウちゃんのその言葉に、弥生は胸をつかれました。リュウちゃんのお母さんは、リュウちゃんが年長組になった春、不治の病で遠く離れた町の病院に入院したままなのです。

暴れん坊のリュウちゃんは相変わらずで、少しも寂しそうには見えませんでしたが、本当はどんなにお母さんを恋しく思っていたのでしょう。

弥生は、リュウちゃんに、雀が死んでいることを話し、一緒にお墓をつくろうと言いましたが、

リュウちゃんは弥生の手を払いのけて」

リュウ「やだよう！　埋めたら、お母さんに会えなくなっちゃうじゃないかァ」

弥生「大丈夫。赤ちゃん雀の魂は、これからは、ずっと母さん雀と一緒なのよ。いつでも、どこでも、一緒にいられるのよ」

リュウ「いつでも、どこでも？」

N「リュウちゃんの目が、パッと輝きました。冷えきったリュウちゃんの真っ赤な頰に涙のあとがありました」

弥生「雀さんに親切にしたのはいいけれど、理由《わけ》も言わないで皆のこと叩いたり突き飛ばしたりしたのはいけないなァ。後で皆にゴメンナサイを言おうね」

リュウ「ウン！」

N「素直にうなずいたリュウちゃんの、目元の小さな泣きぼくろが可愛くて、弥生は思わず言いました」

弥生「リュウちゃんに泣きぼくろがあるなんて、リュウちゃん、泣き虫じゃないのに」

リュウ「あッ、ノニ先生、のにって言った。ハハハ……。

（秘密めいた調子で声をひそめ）ノニ先生、あのね、この泣きぼくろ、お母さんとお揃いなんだよ」

弥生「まあ、そうなの、お母さんとお揃いなの」

♪　リュウちゃん　リュウちゃん

おめめの泣きぼくろ

そうよ　母さんも泣きぼくろ

♪

N「リュウちゃんは、本当に嬉しそうに、声をたてて笑いました」

N「それからのリュウちゃんは、弥生に心を開くようになり……、少しずつ、意地悪や乱暴も影をひそめていきました。
どんな腕白坊主にも、心のすみっこには、優しさや、寂しさがかくれていることを、弥生はリュウちゃんから教えられたのです」

♪

N「卒園の準備に忙しい二月の午後、園長先生に呼ばれて応接室に行くと、リュウちゃんのお父さんがいました。
リュウちゃんのお母さんの病気はいよいよ重く、春まではもつまいと宣告されたというのです。
お母さんの残り少ない日々を、少しでもリュウちゃんと共に過ごさせてやりたいので、卒園式を待たずに、この町を離れることにしたという、お父さんの話でした」

♪

N「そんなに悪かったなんて……いつも皆に頭を下げていた、リュウちゃんのお母さんの透き通るような白い頬が目にうかび、弥生は、言葉もなく立ちつくしていました」

N「リュウちゃんが、幼稚園に来る最後の日、弥生は、朝から落ちつかず、何も手につきませんでした。涙など決して見せずに、笑ってリュウちゃんを送り出さなければと、弥生は、何度も自分に言いきかせていました。

すると、ミイちゃんが駆け込んできて」
ミイちゃん「センセイ、リュウちゃんが、リュウちゃんが」
弥生「どうしたの、リュウちゃんが何かしたの？　エッ、裸足で靴を手に履いてる」
N「あわてて表に飛び出すと、リュウちゃんが、本当に手に運動靴を履いて、いいえ正確に言うと、靴を手にはめて、幼稚園の塀を」

リュウ　♪　イッチ、ニ、イッチ、ニ
お母さんの靴
イッチ、ニ、イッチ、ニ
ぼォくのくゥつ
ピッカピカのくゥつ
お母さんが買ってくれたんだもん
イッチ、ニ、イッチ、ニ
「あッ、ノニ先生、見て見て！　お母さんが送ってくれたんだよ。ほんとだよ。夕べ届いたって、お父さんが言ってたもん。ね、いいでしょ」
弥生「素敵ね、とっても。でも靴は手に履くものじゃないわ。せっかくお母さんが買って下さったんですもの、ちゃんと足に履かなくちゃ。ほら、靴下だって泥んこじゃないの」

リュウ「いやだい！　汚れちゃうもん。あした、お父さんと、お母さんのとこへいくんだよ。だから、それまで、僕、絶対、汚さないって決めたんだ。
これ履いて、僕、お母さんと動物園に行くんだ」

N「リュウちゃんは、一日中、新しい運動靴を傍に置いて、嬉しそうに眺めていました。久しぶりにお母さんに会える喜びで、リュウちゃんの胸ははちきれそうなのでしょう。泥んこの靴下を洗い、親指の穴をつくろいながら、弥生は、懸命に涙をこらえていました」

♪

N「お父さんが迎えに来たときも、リュウちゃんは、しっかり運動靴を抱えていました。いつものように、いつもの調子で『さよなら、ノニ先生！』と言いかけたリュウちゃんは」

（ポケットから取り出した何かをさしだす）

リュウ「ノニ先生、はい！」
弥生「えっ、まあ、これ、どんぐりの指輪」
リュウ「ノニ先生、僕、大きくなったら、先生をお嫁さんにしてあげるからね」
弥生「リュウちゃんたら……」
リュウ「先生、泣いちゃだめだよ」
♪　リュウちゃん　リュウちゃん

おめめの泣きぼくろ
だけど　リュウちゃんは
　泣かないよ
N「弥生は心の中で叫びました。
そうよ、リュウちゃん。泣かないのよ、どんなことがあっても。
リュウちゃんは強いんですもの。いつかの雀さんのように、お母さんは、いつも、いつでも、あなたと一緒なのよ」
弥生　♪　リュウちゃん　リュウちゃん
　おめめの泣きぼくろ
　そうよ　かあさんも
　泣きぼくろ
（涙がこみあげ、リュウちゃんに背を向け）
♪　リュウちゃん　リュウちゃん
おめめの泣きぼくろ
だけど　リュウちゃんは
（リュウちゃんを振り向き）
泣かないね

♪

弥生「卒園式に、リュウちゃんはいなかったけれど、私には、お母さんの運動靴を履いたリュウちゃんの姿が、はっきり見えました。

三年前には、ほんとうに幼かった子どもたちが、みんな、一人ずつ立派にお別れのご挨拶ができて……赤ちゃんみたいに頼り無かったミイちゃんだって大きな声でしっかりと。私ときたら、卒園式の間中涙腺が故障してしまったみたいに、だらしなく泣き続けていたわ。

あの子たち一人一人の仕種も、口調も、笑顔も、はっきり覚えているけれど、六十年の月日が流れたんですもの、きっと、会ってもすぐにはわからないでしょうね。きっとわからないわ。樫の木さん、もうすぐ会えるのよ、あの子たちに」

弥生　♪　悲しいときも　辛いときにも
わたしは見上げた　この樫の木
いつも両手広げ　あなたは
黙って　わたしを見下ろしていた
時には父のように　たくましく
温かいその腕の中に
わたしの思いを　受け止めてくれた樫の木

時には母のように……

（門を入ってくる人影にハッと目をこらす）

「リュウちゃん！　あなた、リュウちゃん……なのね。

（数歩あゆんで、泣きぼくろに目をとめる）リュウちゃん。

なんて……立派になって……」

（感極まって手をさしのべるノニ先生にスポットしぼられて……）

♪

（終）

朗読ミュージカル

白いジャンパー

登場人物
N（語り手）
奈津子（美容師）
光彦（奈津子の息子）
八重
老婦人（美容院の客）
由美子
客

序曲

N「それは昼下がりの美容院。オーナーの奈津子が、なじみの老婦人の髪の仕上げにかかっていたときだった。

耳をつんざくような凄まじいバイクの音が、店の前を行きつ戻りつ遠ざかっていった。

奈津子は、一瞬魂を奪われたように手をとめた。

そんな奈津子に気付いた老婦人が驚いて鏡越しに声をかけた」

老婦人「おや、先生。どうかなさいまして?」

奈津子「まあ、失礼しました。あまり凄いバイクの音で」

老婦人「本当にねえ。この頃の若い人は、鼓膜がないのじゃないかしら、なんて思いますよ。うちの孫なんかも、頭がクラクラするほどの大音響でダンスの練習を、ほらヒップなんとかいう操り人形みたいな」

奈津子「音楽やダンスなら、まだ我慢できますけど、オートバイの音は迷惑なだけで……。

(気をとりなおし)奥様いかがでしょう。お気に召しましたでしょうか」

N「満足そうに微笑んだ老婦人を送り出した奈津子は、大きなため息をついた。アシスタントの由美子が、心配そうに小声でささやいた」

由美子「先生、顔色が悪いです。少しお休みください。あとは私たちがやりますから、どうぞ」

N「奈津子は、控え室に入ると、よろめくように椅子に腰をおろした。

目を上げると、飾り棚の上の写真の夫が、柔和な笑顔で、奈津子を見下ろしていた」

奈津子「ああ、あなた。私、どうしたらいいの」

N「再び、オートバイの轟音が近づき遠ざかって行った。

思わず両手で耳を押さえ、目をとじた奈津子の脳裏に遠い日の記憶が蘇る」

N「それは、二十年も前のこと。

身寄りのない孤独な娘、美容師の見習いだった奈津子は、休みの日に、友達と立ち寄った喫茶店でアルバイトをしていた青年に出会った」

奈津子「貴方が、急病のお友達の代りを引き受けて、たまたまその日、お店を手伝っていたのだって知ったのは、ずっと後のことだった。

まさか貴方がお金持ちの坊ちゃんだなんて、思いもしなかったわ。

私みたいな貧しい娘とつきあってはいけないという、貴方の一族の凄まじい反対の嵐の中で、私たちの心は一層強く結ばれていって。

それでも私は何度も身を引こうとしたわ。けれど貴方はとうとう家を捨てて私との暮らしを選んでしまった。

そういえば、私たち結婚式も挙げられなかったけれど……。良彦さんと私、本当に幸せだった」

♪　貧しくても幸せだったわ　あのころの日々
　　貴方の大きな愛につつまれ
　　わたしは知った　初めての安らぎ
『そして二人の愛の証《あかし》、私たちの坊やの誕生！　名前はみ・つ・ひ・こ』

♪　貧しくても幸せだったわ　あのころの日々
　　貴方の大きな腕に抱かれた
　　天使のようなほほえみに
　　生きる喜び　かみしめた二人

奈津子「でも、幸せな日々は、長くは続かなかった。思いもかけない病気が貴方の命を……。

あんなにもあっけなく、貴方が私たちを残して逝ってしまうなんて。
貴方の死が、どうしても受け入れられなくて。泣き続けていた私。
そんなところに現れたのが八重という人でした」

八重「私は良彦様のお宅に、長くお仕えしている八重と申す者でございます。
ご承知のように亡くなられた良彦様は、一人息子でいらっしゃいます。
ご両親様は、良彦様の忘れ形見の光彦様を、お引き取りになりたいとのご意向です。
失礼ながら、貴方様には子どもを育てる余裕がおありとは思えません。
どうぞ、お子様の将来のために、ご決断くださいませ」

奈津子「なんという理不尽な！　あまりのことに怒りで身体が震えました。
光彦は、死んでも渡すまいと思いました。弁護士や執事をつれて、何度もやってくる八重さんが、
悪魔のようにみえたけれど、その八重さんも、辛い役目だったのでしょうね。坊やを抱えて逃げよ
うとした私に取りすがって、八重さん、泣きながら必死で叫んだわ」

八重「お辛いでしょうが、光彦様のためです。あなたは、まだお若い。新しい人生を歩むことがお出来に
なります。坊ちゃまのことは、及ばずながらこの私が責任もってお育てしますから。
坊ちゃまのお幸せのためじゃありませんか。あなたのお気持ちは、よく解りますが、一人息子を
失ったご両親だってお辛いのですよ。
納得してくださいませ。（涙ながらに）どうぞ、どうぞ……』

奈津子「『ご主人のご両親だってお辛いのです。光彦様のお幸せのためです』という八重さんの悲痛な叫びが私の胸を貫きました。

何も解らぬまま、泣き叫んで私の胸にしがみつく光彦。その小さな手が、私のユニフォームのボタンをしっかり握って放しませんでした。

結局は、無理やり私の胸から引き離されてしまって……。

八重さんに抱かれた光彦を乗せた車にとりすがっても、所詮無理なこと。あとから気づくと胸のボタンがもぎとられていました。

夫と子ども、愛する者を二人まで失った運命を、どれだけ呪ったことか……。地面に膝をついて、私は、ただ泣き続けました。

二度と会わない約束をさせられたけれど、諦めきれず何度も様子を見にいきました。物陰にかくれて、乳母車の散歩を、公園で遊ぶ様子や、幼稚園の行き帰りの姿を……」

♪（運動会のマーチ流れて）

N「小学校の初めての運動会も、奈津子は、こっそりのぞきに行った。

リレーで転んだ光彦に、我を忘れて駆け寄ろうとした奈津子だったが、光彦が八重さんに駆け寄り、胸に抱きついて泣き、おばあ様に優しく慰められている姿を見たとき、奈津子は、もう光彦のことは忘れようと心に決めた。大事に育てられている姿を目の当たりにし、あの子さえ幸せならいいのだと自分に言い聞かせた。

それからの奈津子は、過去のすべてを断ち切るために、夢中で働き夢中で勉強し、この美容院を引き継ぐほどになったのである。
辛い過去など、みじんも感じさせぬ奈津子の明るさとセンスの良さで美容院は、以前にもまして繁盛していた」

♪

N「それは雨の午後だった。
てんてこまいの忙しさが、ふっと途切れ、ほっと一息ついたとき、大きな音をたてて飛び込んできた白いジャンパーの若者。
彼は、身体を投げだすように乱暴に腰をおろすと、鏡越しに鋭いまなざしを奈津子に向けた」

奈津子「いらっしゃいませ。髪型は……」

N「鏡の中に微笑みかけた奈津子は、ハッと顔をこわばらせた。
白いジャンパーの若者の、その顔は、まるで鏡に映った自分を見ているような……それほど奈津子に似ていたのである。
奈津子は、心の動揺を隠して問かけた」

奈津子「あのう、どんな髪型を」

高校生「金髪！　ところどころに緑や赤を入れてェ、ニワトリのトサカにみたいに立てたヤツ」

奈津子「でも、まだ……高校生ですよね」
高校生「そうさ、いけない？　ここはァ、学校じゃなくて美容院だろ。ナツ美容室」
奈津子「そうですよ、でも」
高校生「先週、オレの友だちが来てサ、茶髪にしてもらったんだけどなぁ。
他人の子の注文は聞けても、わが子の場合は、駄目ってわけか」
N「わが子……やはり。血の気がひくのを感じながら、奈津子は何も言えず、ただ目を見開き、その若者の視線を受け止めるのが精一杯だった」
光彦「はじめまして、オレ、ミツヒコっていうんだ」
N「なぜ、幼い日に別れたあの子が目の前にいるのか、奈津子の頭は混乱してた。なにか言わなくてはと心は焦るのに言葉が出てこない。
するると、彼は立ち上がり肩をそびやかして言った」
光彦「やって貰えないんなら、いいよ。帰る」
N「肩で風を切って出て行く光彦を、呆然と見ていた奈津子は、我に返って後を追った。光彦は、近くの公園でブランコをゆすっていた」
奈津子「（息を切らしながら）あなた……、光彦なのね。どうして……」
光彦「どうして現れたかって？
八重って人、知ってるよね。オレが中学になったとき、あの人、親の看病で田舎に帰ることになってサ。そん時、オレ、むりやり聞きだしたんだ。オレの母親がどこにいるのか、何て名前で、どこに住んでるのかって。

八重さん、絶対に知らないって言いはったけど、オレが、わめいたり、脅したり、あんまりしつこいもんで、とうとうお手あげってわけ。

『お母様を決して恨んだりしてはいけませんよ。約束してください』って、何べんもくりかえしてさぁ。ナツ美容室のこと、教えてくれた。

そんとき、今まで大事に持ってたっていうボタンをオレの手に握らせて、泣きながら話したんだ。一人息子だったオレの父親が死んで、赤ん坊のオレを、あんたから取り上げた日のこと」

♪　小さなオレが　母さんの胸に
　むしゃぶりついて泣いたこと
　小さなオレが　泣きくたびれて
　眠ってしまった手のなかに
　ボタンがひとつ　あったこと

奈津子「それは、あの時のボタン……で、そのボタンは？」
光彦「石で叩いて、叩いて、叩き潰してやったよ。粉々に」
奈津子「こなごなに……」
光彦「だってそうだろ。小さな赤ん坊がだよ、ありったけの力でボタンつかんではなさなかったんだ。なのに……母親のくせして、なぜ死に物狂いで、わが子を取り戻さなかったんだよ」

奈津子「そうしたわ！　死に物狂いで抵抗したわ。でも……坊ちゃまの将来のためだと言って、私を説得しようとした。貴方をつれて逃げようとしたけれど駄目だったの。ただ、その後、貴方が八重さんになつき、おばあ様に愛されているのを、この目で見て」

光彦「たしかに愛されたさ。メッチャ頑固なジイサンと、甘〜いだけのバアサンにね。八重さんは、いつもおろおろオロオロしてたよ。

ちょっと成績が悪かったり、何か失敗したりすれば、ジイサンはすぐに怒鳴るんだ。育ちの悪いお前の母親の血だってね。そんな母親、憎みたくなるのはあったり前だろ。（ブランコから飛び降り）でも、もういいんだ。どんな女がオレを産んだのか、一目、見ときたかっただけなんだから。オレの気持ち、あんたなんかに、わかってたまるか！

両親なんかいなくたって、どうってことないと思ってた。っていうより、オレを可愛がってくれる人たちの前で、親のこと口にだしちゃいけないって、子供心に思ってたんだ。だけど、どこかに生きているんなら、一目でいいから会わせてくれって、こっそりお月様に頼んだことだってあった。だけど……八重さんがくれたあの小さなボタン……」

♪　小さなボタン　見たときの

オレの気持ち　オレの悲しみ

あんたなんかに　わかりゃしない

ちっぽけな指に　力をこめて
むしりとった　ボタン
握りしめてた　ボタン
光彦「母親探しなんかして、頑固ジジイが生きてりゃ、目ぇむいて怒っただろうけどさ」
奈津子「じゃ、おじい様は」
光彦「去年、死んだよ。八重さんもいないし、今じゃ、何でも言いなりのバアサン一人。学校休んでバイク乗りまわして、ちょっと暴れりゃ思いのままさ。
いい気味だろ。見捨てた息子が、こんな風にぐれちゃってさ」
奈津子「だまりなさい！（ありったけの力で光彦の頬を叩く）
自分一人で大きくなったと思っているの？
頑固だの甘すぎるだのって、何を言っているの。
愛されて、大事にされて……甘えるのもいい加減にしなさい」
N「再びブランコに飛び乗った光彦。顔をそむけたまま、もう、口を開こうとはしなかった」
♪
N「それからというもの、あてつけがましく凄まじい音をたてて店の前を通りすぎるオートバイに白いジャンパーの光彦の姿を見るたびに奈津子の胸は、キリで刺されるように痛み、ボタンを石で粉々に叩き潰したという光彦の憎しみを思った。

ギュッと唇をかみしめ、ブランコをこぎつづけた光彦の横顔。言葉に尽くせぬほどの光彦の怒りと悲しみが、奈津子の胸をしめつける。奈津子は、夫の写真に語りかけた」

奈津子「あのときの私に、何ができたっていうのでしょう。
死に物狂いになればって、あの子は言ったけれど、私、死に物狂いで抵抗して……力つきてしまった。
あの子の幸せのためと信じ、あの子への思いをふりきるまでの辛さといったら……。
でも、やはり、私、間違っていたのでしょうか。あなた！」

N「奈津子が、深い吐息を漏らしたとき、小さなノックの音がした。あわてて涙をふいた奈津子がふりむくと、由美子が顔をのぞかせた」

由美子「先生、速達です」

N「それは、八重という署名のある分厚い手紙だった」

奈津子「八重さんからだわ」（不安につつまれ恐る恐る開く）

八重「突然のおたより、お許しくださいませ。
貴女様が……私共との約束をお守り下さり、一切の音信をお絶ちくださいましたこと、お辛い胸のうちを存じ上げているだけに、お苦しみは如何ばかりかと時には涙しつつも、だからこそ光彦様を、立派にお育てしなければと……。
その思いだけは強くても……私の力は及びませんでした。

心残りのまま、母親の介護のために、故郷に帰らなければならず本当にお詫びの申し上げようもございません。

その上、約束を守りぬいて下さったあなた様のお名前をあかしてしまったこと、どんなに後悔したことか。夜も眠れぬほど自分を責め続けていました。どうぞお許し下さい。

そして、本日、光彦坊ちゃまからの手紙で、突然、あなた様を訪ねたということを知り、息が止まりそうでした。

ところが光彦さまのお手紙には、こんなことが書いてありました」

光彦「八重さん。ごめん。約束やぶってしまいました。

八重さんから、あんなに恨んじゃいけないって言われたのに、オレ、思いっきり、ののしっちゃたんだ。そしたら、あの人、目がくらむほどの力で自分一人で大きくなったと思うなって。皆に感謝しなさいって。

八重さん、オレ、もう、おばあ様を悲しませないように努力しようと思う」

八重「最後に、ホッペタが焼けるほど叩いたお母さんの手、とても嬉しかったと結んでございました」

奈津子「お母さんの手……おかあさんの……（あふれる涙）。

あなた、あの子が、光彦が、おかあさん、ですって……」

N「こみ上げる思いは、涙のしずくになって手紙の上に落ち，文字をにじませた。奈津子は思った。

今度、光彦が店の前を通ったら飛び出して行って、それこそ死に物狂いでバイクの前に立ちはだかって、もう一度話してみようと。

胸の奥にわだかまっていた塊が、ふいに溶けていくのを感じ、奈津子は、いつもの晴れやかな笑顔で店に出て行った。その時、けたたましい救急車のサイレンがして客が駆け込んできた」

客「ああいやだ、嫌だ。凄い事故見ちゃったの。（身震いして）

高校生くらいかしらねえ。白いジャンパーの子。

あんな無茶な走り方するなんて、自殺行為だわよ」

N「奈津子は、持っていたブラシを放り出し、店を飛び出した」

奈津子 ♪ 生きて　生きていて　お願い
死なないで　死なないで
神さま　どうぞ　お助けください
私の命と引きかえに　どうか　どうか……

N「病院の名前を聞いて、奈津子は夢中で救急車の後を追った。

病院につくまでのことを何一つ覚えていない。

冷え冷えとした病院の廊下のベンチに泣きくずれていた奈津子は、肩にふれた優しい手にハッとして振り向くと」

奈津子「あ、あなた光彦！　光彦じゃ……」

光彦「うん」

奈津子「あなたじゃなかったの、白いジャンパーの」
光彦「昨日、友だちの純二に、ジャンパー貸したんだよ。だけど、あいつ助かったよ、安心して」
奈津子「ああ、光彦……」（安堵のあまり、肩ふるわせて泣く）
光彦「こんなに心配してくれたんだね……ぼくのために……。
ありがとう。おかあさん！　ごめんね……お母さん」
奈津子「光彦！」
♪
奈津子「あれから十二年の歳月が流れて……。
（教会の鐘の音）
光彦は、素晴らしいひとと出会い、今日、結婚しました。
私が、花嫁のお支度のすべてを……。ああ、こんな日が訪れるなんて」
♪　なんて素晴らしい日
なんて晴れやかな日
夢にさえ描かなかった
喜びの日の訪れ
愛らしい花嫁
凛々《りり》しい花婿

二人の輝く笑顔
見えるでしょう　あなた
あまり幸せすぎて　アアーアアーアー
あまり嬉しすぎて　アアーアアーアー

Ｎ「奈津子は、誰もいない美容室にたたずみ、今日の幸せの余韻をかみしめていた。（店を見回して）
ここは、夫を失い、光彦と引き離されてからの悲しみをうずめた場所であり、光彦との再会の場所
でもあり、計り知れないほどの涙を流したところ」
奈津子「光彦があんなにかわいいお嫁さんに巡り合うなん……」
Ｎ「嬉しい涙がこみあげ、あわててバッグからハンカチを取り出そうとしたときだった」
奈津子「あら、この封筒何かしら。まあ、お母さんへですって。
いつの間に……。
『今日から、僕には妻がいます。
だから、いつも僕を守ってくれたお守りを、お母さんにお返しします。いつまでも元気なぼくたち
のお母さんでいてください。二人の感謝をこめて』
これは、ボタン……ボタンじゃないの。

あの日、小さな光彦の手の中にあったボタン、あぁ」
（握りしめたボタンを胸に、幸せをかみしめる奈津子）
♪　なんて素晴らしい日
なんて晴れやかな日
夢にさえ描かなかった
喜びの日の訪れ
アア　アア　アアアア──

（終）

朗読ミュージカル

二十四ページのアルバム

登場人物　**N**（語り手）
妙子
息子（坊や）

序曲

N「妙子の息子は、今日めでたく結婚した。披露宴から帰った妙子は、そのまま夫の写真の前に立った」

妙子「あなた、今日のあの子の姿、本当に凛々しくて立派でしたよ。
美しい花嫁さんと並んで照れていたあの子。
まるで、あの日のあなたそっくり」

♪　はにかむと　下唇を噛むくせも
髪に手をやる　しぐさまで

みんな　あなたに瓜ふたつ
涼しい目もとも　ほほえみも
あの日のあなた　そっくりでした
♪　まぶしげに　顔をしかめて笑う癖
こぼれる白い歯ならびも
みんな　あなたに瓜ふたつ
わたしを見つめる　まなざしも
あの日のあなた　そのままでした

妙子「あなた、これ、花嫁さんのブーケ。

花嫁さんが言ったんですよ。お父様のお写真の前に飾ってくださいって。可愛いひとでしょう」

N「妙子は、花束を花嫁のように抱えて首をかしげ、写真の夫に微笑みかけた」

妙子「あなた、どう？　あの日の私を思い出しません？

えっ、だいぶトウがたっているって？

ひどいわ。あなただけは十五年前のままで……。

さあ、十五年の歳月を差し引いて、わたしを見てください。

いいえ、それからもう十年前に。

そう、あの日に戻るんです。あの日に……。
わたしたちの結婚式の日に……」
(ウェディングマーチにあわせ、しずしずと歩きだす)
♪ リンロン　リンロン
教会の鐘　鳴りひびく
リンロン　胸の高鳴りは
リンロン　鐘の音よりも高らかに
リンロン　嬉しさこみあげて
なんだか　息が止まりそう
『もっと優雅に歩きたいのに、わたしったらロボットみたい』
♪ リンロン　まるで　夢のよう
リンロン　ベールの陰からそっと見た
リンロン　あなたの長い脚までが
なんだか　もつれていたみたい
『あなたも緊張のあまり、指輪をわたしの人差し指にはめようとして……』
♪ リンロン　あなたに手をとられ
リンロン　なんだか無我夢中

リンロン　花も十字架も
みんな　涙でにじんだわ

妙子「あなたと二人、腕を組んで歩くわたし、幸せで胸が一杯。ところが、突然、とめる大人たちの手を振り切って飛び出してきた坊や。『ぼくも、一緒に歩くんだい』

あなたの腕に飛びついた坊やに、式場が急にざわめいて、

『あのお子さんでしょう？　亡くなられた奥様の』

『何てことでしょう。こんなときに……』

先妻の子、子連れの男、後妻……様々なささやきが耳に飛び込んできて。

でも、わたしは、すぐ坊やに言いましたよね。

『三人で歩きましょう、ネッ』

そして、あなたと、坊やとわたしの三人のウェディングマーチ。

花婿と花嫁の間にぶら下がってはしゃいでいる坊や。

オカシナ、おかしな結婚式。

でも、坊やにとっては、それが当然のことだったのですね。お父さんとお姉さんと三人のお散歩。

いつも、そうでしたもの」

N「妙子が、ヨチヨチ歩きの小さな男の子と、妻を亡くしたばかりの若いお父さんに出会ったのは秋の公園だった」

♪ ひっそりさびしい　秋の公園
舞い散る枯れ葉　夕日に映えて
まるで　こがねの蝶々のよう
♪ かさこそ落ち葉　秋の公園
白いベンチに　あなたと坊や
坊やの手には　赤い風船
♪ 風もひんやり　秋の公園
枯れ葉を追った　坊やの手から
ふわり　はなれた赤い風船

N「『トッテヨオ。ボクノ、フウチェン』と泣きだした坊や。
風船は、木立を縫って、夕焼けの空に吸い込まれるように消えていった。
いつまでも泣きやまない坊やに、困り果てているお父さん。
秋の公園をスケッチしていた妙子は、夢中で坊やのそばへ駆け寄った」

妙子 ♪ 坊や　もう泣かないで
あなたの手から　スルリと抜けて

飛んでっちゃった　赤い風船
お空に昇って　溶けたから
ほうら　今日の夕焼け　いつもより
ずっと　きれいな赤でしょう
ふわふわふわり　坊やの風船
夕焼け雲になったのね

N「泣きじゃくりながら、夕焼け雲を見上げた坊やは、涙の目で妙子を見つめると、ニッコリ笑った。

それからは三人、よく公園で会い、楽しい時を過ごした。

妙子は、坊やにとって大好きな、大好きなお姉さんだった」


妙子「でも、いつか、私たちは心が通じあい、結婚を意識するようになって……。

『子連れの男なんかいけない』とためらうあなた。

私の周りも大反対だった。けれど、すべてを乗り越えて、あなたの妻になれた時、本当に嬉しかったわ。

でも、坊やは、そうはいかなかった。当り前ですよね。

昨日までお姉さんだった人を急にお母さんだなんて……。

幼い心が混乱するのは無理もないこと。

坊やのお母さんは、小さな額縁の中で微笑んでいて、お空の天国って所にいるのだと教えられていたんですもの。
かたくなに〝お姉さん〟としか言おうとしない坊やを、あなたが思わず強い口調で叱った日。夕暮れになっても、坊やは帰ってきませんでした」

N「夕闇につつまれた公園、川のほとり……、妙子は、声をかぎりに坊やの名前を呼び、商店街を駆け回り、お店を一軒一軒のぞいてまわった。
妙子の胸が、不安でつぶれそうになった時、街角のポストの陰にしゃがんでいる坊やを見つけた」

妙子「坊や！　坊やじゃないの？　どうしたの？　こんな所で。さあ、おウチに帰りましょう。まあ、お手てが、こんなに冷たくなって」

N「妙子は、坊やの顔を見て息をのんだ。坊やの顔中にペタペタと切手が貼りつけてあったからだ」

妙子「どうしたの？　こんなに切手を。これは、おデコやホッペに貼るものではないのよ。
ねえ坊や、どうして……」

N「坊やは、ドロと涙でシマシマになった顔で、しゃくりあげながら言った」

坊や　♪　だって　だって　ぼく
天国行きのお手紙になったんだもの
ぼく　行くんだ　天国へ

郵便屋さんに　頼むんだ
どうぞ　ぼくを配達してね
お母さんのいる　天国へ
♪
だって　だって　ぼく
子豚の貯金箱
それで買ったの　切手を
こわしたの
郵便屋さんに　頼むんだ
どうぞ　僕を配達してね
お母さんのいる　天国へ

N「妙子は、坊やを抱きしめ、切手だらけのホッペタに頬ずりした。

坊やは淋しかったのだ。お父さんを、よそのお姉さんに取られてしまったような気がしたに違いない。妙子は自分も泣きながら何度も坊やに言い聞かせた」

妙子「いいのよ、お姉さんでいいのよ。

お母さんなんて呼ばなくてもいいの。

あなたのお母さんは、天国にいるんですものね。

あなたを天国行きのお手紙にすることは出来ないけれど、坊やのお母さんは、お空から、いつも見ていわ。

さあ、お姉さんと、おウチに帰りましょう。

お父さんが、とても心配しているわ」


♪


妙子「それからも坊やは、けっして私を〝お母さん〟と呼んでくれなかったけれど、お姉さんとしての私を、心から慕ってくれました。

そして〝お姉さん〟としか呼ばれない私への、あなたの優しい心遣い。

だから、私は幸せでした。私は、この風変わりな幸せを大切に育てていきたいと思っていました」

N「愛する夫がいて、のびやかに成長する坊やがいる。たとえお母さんと呼ばれなくても、妙子は充分すぎるほど幸せだった。

それなのに……」

妙子「一台の車が、わたしたちから、あなたを永遠に奪ってしまうなんて……。

雨の横断歩道、スリップした自動車が、小さな女の子の赤い傘めがけて暴走していった時、あなたは夢中で、その子に飛びついて歩道につき倒し、そして……、あなた自身は……。

わたしは神様を恨み、運命を呪い、あなたをさえ恨みました。

誰が、どんなに詫びようと、もう、あなたは戻らない。

光満ちた日々は、二度と帰らない。

泣いて、泣いて、涙も涸《か》れるほど泣き続けていたわたし。
そのわたしの肩に、そっとショールを掛けてくれた優しい手。
わたしは一瞬、あなたかと思いました。
振り向くと、あの子がいました。
わたしを見つめるまなざしは、あなたそっくり。
一生懸命に涙をこらえる少年の目の中に、あなたがいました。
わたしの肩をかかえて、あの子は言いました」

息子

♪もう　泣かないで　泣いたって
　お父さんは　帰ってこない
　泣かないで　今日からは
　ぼくが　お父さんのかわりに
　一生懸命　がんばるからね
♪もう　泣かないで　お願いだから
　お父さんは言ってたよ　いつも
　明るい笑顔が　好きだって
　だから　どうぞ　どうぞ
　もう　泣かないで

写真のお父さんが
涙で曇ってしまうから

『ほうら、お父さんが　笑っているよ。
お父さん！　いつか指切りしたね。メソメソしないって約束したね』

♪
男同士の約束だもの
泣きたいけれど　我慢するよ
だから　だから　どうぞ
ぼくに力を貸して
『お父さん、もう一度、約束するよ。
ゼッタイ泣いたりしないって。
ぼく、お父さんの代りをするから……だから、ぼくたちを守ってね』

♪
もう　泣かないで　お願いだから
お父さんは言ってたね　いつも
明るい笑顔が　好きだって
ぼくも　ぼくも　大好きなんだ
お母さんの笑顔が

『だから、もう泣かないで、お母さん。
ぼくの　おかあさん！』

妙子「そう、あれが、わたしを、〝お母さん〟と呼んでくれた初めての時でした。
おかあさん　おかあさん　お・か・あ・さ・ん……」

♪　なんて素晴らしいことば　おかあさん
心にしみる温かいひびき　おかあさん
胸を打つやさしいひびき　おかあさん
誰の心にも秘められている　五つの文字
それは　おかあさん
おかあさんと呼ばれる嬉しさを
おかあさんと呼ばれる喜びを
そっとかみしめ　いくたびも
あの子の真似して呟いてみた　わたし……
『おかあさん　おかあさん　おかあさん……』

妙子「その夜、あの子は、額縁の中のおかあさんを、アルバムに納めました。

『天国のお母さんは、もう淋しくない。お父さんが一緒だもの。
そして、ぼくは、お母さんと一緒』
そう言ってニッコリ笑ったあの子」

♪（時の流れを現す音楽。静かに流れて……）

N「あれから十五年。妙子たちは、手を取り合い、肩を寄せ合って精一杯生きてきた。夫の愛に包まれていた日々の、思い出があったから、そして、どんな苦労にも負けず、のびやかに成長する息子がいたから、妙子は生きてこられたのだ」

妙子「あなた、あの子、今日、わたしにアルバムをくれたんですよ。
一年ごとに思い出を一枚ずつはりつけたアルバムなんですって。
二十六歳のあの子なのに、写真は二十四枚、そうなんです。
わたしに会った三歳の日から始まっているのだと言うのです。
（アルバムを開き）
これは秋の公園……。
ああ、これは、三人のウェディングマーチ。（笑う）
そして入園式、緊張してベソをかいている坊や……。

ホホホ……初めて海をみてびっくりしている坊やね。

これは小学校の入学式の日。満開の桜の下で親子三人。

そうそう、これは……十歳の誕生日。

可愛い背広を着た小さな紳士のおすましぶり。

そして悲しいあの日……でも、それは、あの子が、わたしを初めて〝おかあさん〟と呼んでくれた、忘れられない日。

あの子が、結婚するなんて……まるで夢のよう」

N「妙子は思った。最後のページには、今日の二人の幸せの姿を貼ろうと。ところが、最後のページには一枚のカードが……」

『おかあさん
あなたこそ　僕のおかあさん
いつの日も　かぎりない愛で
僕を包んでくれた　おかあさん
かけがえのないひと　おかあさん
そして今日からは　僕と僕の妻
僕たち二人の愛するひと　おかあさん、ありがとう』

妙子（こみあげる思い、胸に溢れて……。夫の写真に、アルバムを見せるように捧げて）

♪ あなた　見てください　このページを
あなた　見えますか　この文字が
心にしみる　温かいひびき　おかあさん
胸を打つ優しいひびき　おかあさん
誰の心にも秘められている　五つの文字
いつまでも決して消えない　五つの文字
それは　おかあさん　おかあさん　おかあさん

（アルバムを抱きしめたとき、ウェディングベルの音。まるで天使のささやきのように遠く美しく……）

（終）

朗読ミュージカル

とぎれた子守歌

登場人物

N（語り手）
リーザ（花形歌手）
バーバラ（リーザの付き人）
少年
夫

序曲（コンサート開演前のざわめきと人々のときめき）

N「新しく建てられたコンサートホールは、まだ開演には間があるというのに、着飾った人々の華やいだ熱気に包まれていました。ホールの柿落《こけら》としに天使の歌声とうたわれる美貌のプリマドンナ、リーザ・モーガンが特別出演するというのです」

N「リーザ・モーガンは、お化粧を終えると、鏡の中の自分に微笑みかけました」
リーザ「そう、これでいいわ。貴女はプリマドンナ、リーザ・モーガン！」
♪　やがて　舞台の幕が開き
　めくるめく光の中に浮かぶ　わたし

潮騒のような聴衆のどよめき
思い出のすべては
胸の奥に秘めて
喜びの歌　哀しみの歌
心こめてうたいあげる
わたしは　プリマドンナ　リーザ・モーガン
聴くひとの胸に幸せを運ぶ歌声
だれもが　わたしに呼びかける
『天使の歌声、リーザ・モーガン！』

N「リーザは、鏡の中の自分の瞳を、しっかり見つめると、暗示をかけるように呟きました」
リーザ「貴女はプリマドンナ、リーザ・モーガン。歌だけが貴女の命よ」
N「それからリーザは、明るい声で、付き人のバーバラを呼びました」
リーザ「バーバラ、衣装を、お願い」
N「バーバラは、慣れた手つきで着替えを手伝いながら、いつものようにうっとりと、鏡の中のリーザを見つめました」
バーバラ「なんてまあ、お美しいこと！　女の私でさえ、ほれぼれしてしまいますわ。毎度のことですのにねえ」

リーザ「ありがとう、バーバラ。貴女の言葉が、何よりの励ましになるわ。舞台に出る前の褒め言葉ほど勇気と自信を与えるものはないのよ」
バーバラ「だって本当のことなんですから。決してお世辞なんかじゃありません。でも、神様も不公平なことをなさるもんじゃありませんか。なにも美しい人に美しい声までお与えになることはないのに。サービス過剰ってものですよ」
リーザ「ホホホ……バーバラったら」
バーバラ「ねえ、リーザさま、私、ときどき思うんです」

♪　神様が　人間たちを
お創りになる　その時
脇目もふらず一心不乱に
制作なさった大傑作
『例えば、リーザさまのような』
それにひきかえ
神様　ちょっとお疲れで
どうにも　仕事がはかどらず
目の前通る　きれいな天使を
チラッと見たら気が散って

心ならずも　不出来な作品
『例えば、それが、わ・た・し』

リーザ「そんなことを言ったら、神様に申し訳ないわ。バーバラは、充分魅力的だし、その上、素敵な御主人や、お嬢さんまで」

バーバラ「ハハハ……うちの亭主が素敵なんておっしゃったら、素敵って言葉が気を悪くしますよ。娘だってお嬢さんなんて代物じゃありません。

この頃は、顔を合わせりゃ憎まれ口ばかり。この間も、私が、化粧水を手にとって、ほっぺたペタペタはたいていたら『ママ、ドライフラワーに、いくら水をやっても生の花にはならないわ』ですって」

リーザ「バーバラ、笑わせないで。せっかくのメークが崩れてしまうわ」

バーバラ「無骨な亭主と生意気娘の一番の取り柄は、私を束縛しないってこと、と言えば聞こえはいいんですけどね、二人とも私より、丹精している果樹園の果物の方が大事なんです。私みたいな重量級の女が動きまわると、振動で、せっかく実りかけた果物が落ちるから、なるべくいない方がいいだなんて。

おかげで、私は、こうしてリーザさまの付き人で、自由に、どこへでもお供できるのですけれど。こっちだって離れてせいせいってところですよ」

リーザ「知っているわよ。地方の公演から帰る時、二人へのお土産で貴女のスーツケースが一杯だってこと」

バーバラ「からかわないでくださいましよ。だって、二人とも、私の帰りじゃなく、土産の帰りだけを待ち焦がれているんですからね。ハハハ……」

N「バーバラの屈託のない笑顔に、ホッとするのも、バーバラの家庭の様子を聞いて、胸の奥に刺すような痛みが走るのも、いつものことでした。

しかし、リーザは、頭に浮かんだ思いを断ち切るように首をふると、毅然《きぜん》と胸を張り、舞台の袖に向かいました。

熱狂的な拍手と歓声。スポットライトの中に立つリーザの微笑みには、もう微塵の陰りもなく、プリマドンナの華やかさと自信が溢れていました」

♪（オペラのアリア）

N「袖から舞台を覗いているバーバラは、いつものことながら、リーザの素晴らしい歌唱と、華麗な姿にうっとりしながら、呟きました」

バーバラ「やっぱり、神様。どう考えても、不公平でございますよ」

N「数年前から、リーザの付き人をしているバーバラは知りませんでした。

リーザの心の奥に、今も大きな傷あとを残している十年前の出来事を……。

リーザ・モーガンは、国立の音楽学校を首席で卒業し、その美貌とたぐい稀な美声で、プリマドンナとしての将来を嘱望されていました。

ところが、幼い頃に両親を亡くし、祖母に育てられたリーザは、祖母に先立たれると、その寂しさに耐えきれなかったのでしょうか。あれほど夢見てきたプリマドンナへの道を捨て、迷うことなく家庭を選んだのでした。

優しい夫と、愛らしい男の子との暮らしは、幸せに満ちていました。

しかし、子どもが二歳になった時、恩師のたっての頼みで、病に倒れたプリマドンナの代役でオペラの主役を演じることになったのです。

幸か不幸か、それはあまりにも見事で、気難しい評論家たちさえ、こぞって絶賛するほどの出来ばえでした。一度きりの約束だったはずが、次々にオペラ出演の依頼が舞い込みました。

リーザ自身も思いがけない成り行きに、戸惑うばかりでしたが、スポットライトの中に立つ緊張と快い刺激は、穏やかで平和な家庭とは違った輝きに満ちていました。

設計技師である夫が、大きなダムの仕事を手がけることになった時、リーザは悩みました」

リーザ「どうしたらいいのかしら、どうしたら……」

♪　妻ならば　あなたと共に　どこまでも
　母ならば　坊やと共に　あなたの元へ
　悩むことなど　何もないはず
　あどけない坊やの笑顔

あなたの優しいまなざし
手作りのケーキ
挽きたてのコーヒー
窓辺の花々
いねむり子猫
それが　わたしの憧れた暮らし
『そう、戻ればいいんだわ　あの暮らしに……でも……でも』

N「二人をこよなく愛し、頭でいくら理解していても、リーザの心は大きく揺れていました。リーザの天賦の才能を惜しむ周囲の声、そして、一度呼び覚まされた歌うことへの未練、舞台に身を置くひとときの陶酔やときめきは、もはやリーザの心から離れなくなっていたのでした。悩むリーザに夫は言いました」

夫　♪　リーザ　迷わず　残りなさい
僕は選ぼう
愛すればこその別れを
君の豊かな才能を
惜しめばこその別れを
リーザ　迷わず　きみの道を

「君は、たぐい稀な才能を大切にしなければいけないよ。おそらく芸術の女神は、君の心をつかみ、決して放そうとはしないだろう。君の歌声は、多くの人々に幸せを与えることができるからだ。ただ、幼い子ども、そう、僕たちの愛するデイビットを、その犠牲にするわけにはいかないんだよ。君が、これほど舞台の仕事に忙殺されるようになっては、母として生きるのは無理というものだ。君は、君の道を歩んでいきなさい。僕らも新しい生活を始めるから」

N「夫に言われるまでもなく、リーザは、仕事に向かう時、泣き叫ぶデイビットの声に、どれほど辛い思いをしていたことでしょう。

結婚して四年もたってから、思いがけない世界に足を踏み入れてしまったことへの後ろめたさも、常にリーザを責め苛《さいな》んでいたのです。

しかし、舞台の契約も切れず、リーザ自身の舞台への未練も断ち切れぬまま、夫と息子が、町を離れる日、やはり、リーザは舞台に立っていました。

カーテンコールの時、リーザは、客席の後ろに坊やを抱いた夫の姿を見ました。満員の聴衆の後ろで、隠れるようにして舞台を見ていた夫の姿が、まるでそこにだけライトが当てられているかのように、リーザの目には、はっきり見えたのです。その時、リーザは、心を決めたのでした。あの二人無しには、到底幸せなど、ありえないと。

楽屋に戻ると衣装の上にコートを羽織り、驚く関係者やファンの群を振り切って、表に飛び出したリーザは、夢中で夫の姿を探し求めました」

リーザ　♪　待って　待って　行かないで　あなた！
待って　どうか　行かないで　坊や！
私も行くわ　今こそ　すべてを捨てて
あなたと共に　坊やと共に

N「もう、声も届かぬところを走っていく夫の車を見つけたリーザは、ただ泣き叫ぶばかりでした」

♪（時の流れを表す間奏）

N「あれから十年、片時も忘れられない我が子デイビットでしたが、夢の中に現れるのは、いつも、『ママー、ママー、お家にいて。行かないで、ママ、ママ』
小さな手をさしのべる、いたいけな幼い姿でした。
離別の哀しみを忘れるため、夫の愛に報いるためにも、いっそう歌に力を尽くしたリーザの名声は、いよいよ高く、評判は広まるばかりでした」

♪（オペラのアリア）

N「今日も、リーザのステージは、聴衆を熱狂させていました。
いつまでも途絶えぬ拍手とブラボーの歓声に応え、アンコールの曲を歌いはじめた時です。リーザは、食い入るように舞台を見つめる緑色のジャケットを着た少年に気づきました。心臓が止まるかと思うほどの衝撃が走り、その少年から目が離せなくなりました。もしや……。幕が下りるとリーザは、バーバラを呼び、緑色の上着を着た少年を探してきてほしいと頼みました。リーザは、落ち着きなく部屋中を歩き回りながら……」

リーザ「もしかしたら　もしかしたら、あの子かも……」

♪　もしかしたら　あの子かも……
馬鹿な　そんなこと　あるはずがないわ
でも　あの年頃　ブロンドの髪　青い瞳
いいえ　偶然よ
でも　もしかしたら
別れた年に　流れた月日重ねれば
そう　もしかしたら
馬鹿な　そんなこと　あるはずがないわ

N「バーバラが、一人の少年を連れて楽屋に入ってきた時、リーザは、口もきけないほどの狼狽ぶりでした。少年は、ふいに呼ばれたことに当惑しているようで、ポケットに手を入れたまま、ぶすっとした表情で、リーザを見つめました」

リーザ「ごめんなさいね。急に声をかけたりして……。驚いたでしょう。あの……なんて言ったらいいのか

少年「……」

リーザ「そう、そうだったわね。あの……用っていうより……あっ、バーバラ、お客様の応対を頼むわ。ちょっとだけ、この坊ちゃんと二人きりでお話ししたいの」

N「バーバラが出ていくと、リーザは、おそるおそる少年に尋ねました」

リーザ「あなたの名前は？　あの……もしかして、デイビットでは？」

少年「違います」

N「少年は、涼やかな目でまっすぐリーザを見つめて言いました」

少年「ぼくの名前はマイケルです」

リーザ「マイケル……」

少年「でも、デイビットなら知ってます。友達でしたから」

リーザ「友達ですって？」

少年「ええ、僕が足を怪我して入院した時、隣のベッドにいたのがデイビットだったから」

リーザ「まあ、そうだったの」

少年「僕、おばさんのこと聞きました。デイビットから」

リーザ「私のことを？　デイビットが、私のことを何か」

少年「デイビットは、おばさんのことを、自分のママだって。

　　有名な人だから、ぼく、知ってましたけど」

リーザ「デイビットが、私をママですって？」

少年「ええ、でも、すごーく恨んでました。小さい時に自分を捨てた人だって。

　　デイビットのパパは、そんなことはないって言ってたけど、デイビットは、誰かにそう教わったって。ママは、僕のことなんか嫌いだったんだって。

　　そうじゃなきゃ、猫の子みたいに簡単に捨てたりしないさって」

リーザ「それは、違うわ。デイビットをどれだけ愛していたか……。ただ私の決断が遅かったから……追いかけた時には間に合わなかったのよ。どんなに悲しかったか。あの日から、あの子を忘れたことは、一度もないわ」

少年「じゃ、なぜ探さなかったの？」

リーザ「デイビットのパパは、行く先を私に告げなかったの。私のために……。でも、言い訳なんかできない。私が悪かったのよ。あんなに二人を愛していながら。私は後悔し続けていたわ。アリアの代わりに子守歌が歌えたらどんなにいいかと……」

少年「ふーん。それを聞いたら、デイビット、きっと喜んだと思うよ。

　　生きているうちに話してあげられたらね」

リーザ「生きているうちにって……それじゃ」

少年「うん。死んじゃったんだ。だから、この町に、おばさんが来るって聞いたとき、ぼく、デイビットの代りに、絶対おばさんの歌を聞こうって思ったんだ。

ぼく、おばさんの歌が下手クソならいいなって思ってた。だって、デイビットを捨てた嫌な奴だと思ってたからね。でも、あんまり上手いし、あんまり綺麗なんで驚いちゃったよ。

途中からこの人を憎むのは、ちょっと無理かなって思ったから。

だから、ここに呼ばれたとき断れなかったんだ。

だけど、来てよかったよ。ほんとによかったと思う。

デイビットを、おばさんが愛してたってことが、わかったから。

生きてるうちなら、もっとよかったけどね。じゃ、ぼく、帰ります。さよなら」

N「リーザは、少年の上に、我が子の姿を重ねてみました。恨んで恨んで、そのまま逝ってしまったというデイビット。その短い生涯を思うと胸がはりさけそうでした。

返す言葉もなく立ちつくしていましたが、少年のちょっと右肩を上げた後ろ姿を見たとたん、息をのみました。

突然、思い出を包んでいたベールが、一気にひきはがされ、同じように右肩を上げて歩く夫の姿が、目の前に浮かんだのです。リーザは思わず、少年の後ろ姿に叫びました」

リーザ「デイビット！」

N「ふいをつかれた少年は、ハッとして不用意に後ろを振り向きました。

見開いた目は、まさに、あの日の夫のまなざしでした。
その目に、みるみる涙があふれ、ふくよかな頬を伝いました」
リーザ「デイビット！　あなたなのね。あなたなのね」
N「きゅっと口を結んで、精一杯こらえていた少年が、堰を切ったように声を上げて泣き、ローザの胸に飛び込んでいきました」
リーザ「デイビット！」
♪　腕の中の少年を
言葉もなく　ただ抱きしめて
柔らかい髪に　頬をよせれば
夢に見た　いとし子の温もり
許してね　母さんを
遅すぎるかもしれないけれど
いまこそ歌いましょう
あの日とぎれた　子守歌の続きを
アア　アア　アア　アアー
いまこそ歌いましょう
かけがえのない　二人のために

アア　アア　アア　アアー
　アア　アア　アア　アアー
（子守歌にかぶさるオブリガードのような絶唱にて）

（終）

朗読ミュージカル　山崎陽子の世界　脚本集Ⅱ

収録作品初演一覧

作・演出　山崎陽子

題名・初演年月・出演者・作曲者・伴奏者の順に記載

電話を切らないで
　1990年12月　大野恵美　大野恵美　清水玲子
夜空の虹
　1993年10月　大野恵美　大野恵美　清水玲子
きっと明日は
　1994年６月　森田克子　小川寛興　熊谷佐江子
とぎれた子守歌
　1994年11月　久留公子　矢野義明　清水玲子
水たまりの王子
　1996年３月　日向 薫　塩入俊哉　塩入俊哉
いざ別荘へ
　1998年10月　森田克子　小川寛興　沢里尊子
樫の木の下で
　1998年12月　大野恵美　大野恵美　清水玲子
白いジャンパー
　1999年10月　片岡陽子　高橋 廉　鞍富真一
善造どんと狸汁
　1999年10月　小栗一也　中邑由美　清水玲子
　　　　　　　大野恵美
杜子春
　2007年10月　日向 薫　塩入俊哉　塩入俊哉
二十四ページのアルバム
　2010年10月　安奈 淳　藪内智子　清水玲子
それぞれの空
　2012年10月　森田克子　小川寛興　沢里尊子
みそかの月
　2013年11月　小山明子　澤村祐司　澤村祐司

あとがき

「ひとりミュージカル」としてスタートした舞台を、「朗読ミュージカル」という独自の形で上演するようになってから二十四年の歳月が流れました。

どちらも一人で演じる舞台ですが、ひとりミュージカルの方は、装置、大道具、小道具もある舞台で、主人公に扮した演者が物語を語り歌います。

朗読ミュージカルの方は、あくまでも語り手が話をすすめていきます。淡い照明以外は、装置も小道具もない舞台で、全ての登場人物を演じますが、情景描写や心理描写の部分は本に目を落として朗読します。ナレーションを朗読することで、語り手も聞き手も心の整理ができ、更にイメージを描くことができるのです。

登場人物を演じるときと歌うときは顔を上げ、落語のように顔を振り分けることで何人でも演じわけることが出来ます。手にしている本は、落語家の手拭のように、お皿になったり扇になったりと小道具の役目もします。熟達した演者は本の存在を感じさせないほど自然に扱います。

セリフもナレーションも、ときには歌で表現されます。歌は聞き手の心にしみいり、時空をこえて話をすすめることができるからです。歌を挿入するのではなく、いつの間にかセリフやナレーションが歌になっていく、それがミュージカルと名付けた所以です。

何もない舞台といいながら、唯一の例外は、舞台の上手に等身大の花、ピアノの脚もとに小さな花を飾っていることです。初めて上演したホールが邦楽用に作られていて、木造の壁では照明の効果がでないと途方にくれたとき、未使用のスクリーンがあることを知りました。が、下ろしたスクリーンの上手側に大きなオモリがついていました。淡いライトに浮かぶ花は好評ですが、実はオモリ隠しのための苦肉の策だったのです。翌年からオモリは取り払われ、もはや花で隠す必要はなくなりましたが、大小の花は、朗読ミュージカルの舞台の象徴となり、今も多くの場合、この形が継承されています。

当初、まだ教会やホテルで上演していた朗読ミュージカルをご覧になった舞台美術家の今井直次先生が、見るに見かねてお声をかけて下さいました。歌舞伎、宝塚歌劇はじめ数多くの名舞台を手掛けてこられた達人が、その後十年の長きにわたって私たちの小さな舞台を彩って下さったのです。決して説明的にならず、見る人の心の動きに寄り添うように変化していく美しい照明は、朗読ミュージカルの照明の理想形として語り継がれています。

朗読ミュージカルを演じたいと望まれる演者は、年ごとに増えていますが、演じる人の技量や資質に合わせて書いていくので、オーダーメイドのドレスのようだと言われます。演じる人が最も輝くようにと心を砕いて書き上げますが、それは〝仮縫い〟といったところで、縫製から仕上げまでには、優れた作曲家や演者、演奏者の技術が加わって、唯一無二のドレスが完成するのです。

脚本を書くときは、演じ手が読みやすく感情をこめやすいよう細心の注意をはらいますが、稽古を重ねるうちに、演者の意見、演奏者からの提案も受け入れ、納得するまで話し合い、試行錯誤を繰り返すうちに、思いがけない効果が生まれることもあります。再演が百回以上という作品もありますが、そのたびに工夫を重ねることで、常に新鮮な舞台を創ることができます。

基本的には一人で演じる朗読ミュージカルですが、声楽家ではない女優さんや俳優さんの場合、もう一人の演者が歌の部分を担当することもあります（『善造どんと狸汁』小栗一也さん・大野恵美さん。『動物たちのおしゃべり』小栗一也さん・森田克子さん。『月あかり』大路三千緒さん・日向薫さん、など）。例外は、歌ではなく箏との組み合わせもあります。単なる伴奏ではなく、あくまでも語りとお琴の掛け合いで演じ、いわゆる朗読とは一線を画しています（『葉桜のころ』有馬稲子さん、『みそかの月』小山明子さん、など）。いずれも若い箏曲家・澤村祐司さんが、作曲、演奏を手掛け、新しい形の朗読ミュージカルが誕生しました。

朗読ミュージカルには声高に主義主張を語る人物や、偉人は登場しません。どこにでもいそうな市井《しせい》の人々の、ひたむきに生きる姿を描けたらと思っています。

〝切符係《もぎり》一筋〟で有名だったベテラン女性が、「長いことこの仕事やってきたけれど、朗読ミュージカルを見た後のお客さんほど、皆が皆、いい顔してるのは珍しいですねぇ」としみじみ言ってくださったのが忘れられません。
客席も舞台も、誰もが〝いい顔〟になれるひとときを夢見て、これからも書き続けていきたいと願っています。

二〇一四年一二月

山崎陽子

朗読ミュージカル
山崎陽子の世界
脚本集Ⅱ
2015年1月15日　第1刷発行

著　者　山崎陽子
発行人　遠藤知子
発行所　書肆フローラ
〒011-0946
秋田市土崎港中央4-6-10
ＴＥＬ　018-847-0691
ＦＡＸ　018-847-0692
郵便振替　00120-5-556430
印刷・製本　藤原印刷

JASRAC　出1416113-401
ISBN978-4-901314-23-7